Misterio

Para Pablo.
on cariño
Omila y ...

 Bruño

La tejedora
de la muerte

Lista de honor Premio CCEI 1995

Concha López Narváez

Ilustración
Rafa Salmerón

Taller de lectura
Antonio-Manuel Fabregat

© Concha López Narváez.
© Grupo Editorial Bruño, S. L., 1994.
  Juan Ignacio Luca de Tena, 15. 28027 Madrid.

Dirección editorial
Trini Marull

Edición
Cristina González
Begoña Lozano

Preimpresión
Francisco González
Mar Morales

Diseño
Inventa Comunicación

Primera edición: septiembre 1994
Vigésima edición: julio 2009

ISBN: 978-84-216-5252-7
D. legal: M-29910-2009
Impresión: Edigrafos, S. A.

Printed in Spain

Concha López Narváez

- Nació en Sevilla. Está casada, tiene cuatro hijos y actualmente vive en Madrid.

- Estudió la carrera de Filosofía y Letras, y se licenció en la especialidad de Historia de América.

- Ha escrito más de veinte libros y varios cuentos y artículos. Le han sido concedidos varios Premios de Literatura Infantil y Juvenil. Entre otros, el Lazarillo 1984; CCEI 1987 y 1990; Lista de Honor del IBBY, fue finalista del Premio Nacional... En 1992 fue nominada para el Premio Andersen.

- Este libro fue incluido en la Lista de Honor de la CCEI en 1995.

alta mar

Para ti...

¿Por qué a la mayoría de las personas
nos gustan las historias de terror?

Seguramente porque, mientras estamos
entretenidos con temores de ficción, olvidamos
nuestros íntimos y verdaderos terrores.

Sabemos que los peligros literarios no pueden
alcanzarnos, por eso el miedo se convierte en placer,
porque, si el mal que nos amenaza está entre las
páginas de un libro, siempre podrá ser controlado
o vencido. De este modo, un relato cumple la función
de ser una especie de pararrayos, capaz de neutralizar
las descargas negativas de nuestros miedos reales.

Por ello me decido a entregaros esta historia
en la que la vida y la muerte, el pasado
y el presente se confunden y entretejen. Espero que
leyéndola recorráis, gozosamente estremecidos,
los senderos de ese bosque de misterios y emociones
que suele ser la literatura de terror.

Concha López Narváez

*Para Antonio Basanta
y Luis Vázquez,
editores y amigos,
que hacen posible
que el verbo confiar
pueda ser conjugado
en todos sus tiempos.*

Recuerdos inquietantes

HABÍA olvidado por completo aquella historia. Esta tarde la recordé de improviso en casa de Isabel Artés al ver que una mecedora se movía por sí misma. Seguramente alguien acababa de levantarse de ella o cualquiera la rozara al pasar. Pero ambos supuestos carecen de importancia, como tampoco importa quién es Isabel Artés ni por qué fui a visitarla.

Lo único que tiene interés de esta visita es la inmediata asociación de ideas que se produjo en mi mente entre ese mueble y aquel otro que cierta tarde, treinta años atrás, también se balanceaba aparentemente por sí mismo. El tiempo retrocedió de golpe y, como si asistiera a la proyección de una vieja película, contemplé en mi memoria imágenes que pertenecían a un pasado muy remoto.

Y esas imágenes eran tan claras y parecían tan vivas que me costó un gran esfuerzo apartarlas de mí cuando Isabel dijo algo que me obligó a retomar la conversación que poco antes habíamos iniciado.

Pero ya no pude concentrarme de nuevo, y pasé la mayor parte de la tarde distraída, sin que nada captara mi atención por completo. Mis pensamientos volvían una vez y otra a los lejanos sucesos que los solitarios balanceos de la mecedora me habían hecho recordar.

De tal forma estaba yo ausente de aquella tertulia de amigos que Isabel había organizado, que fue para mí un verdadero alivio cuando terminó.

Ahora, de regreso en casa, el pasado inunda mi mente de antiguas imágenes y olvidadas sensaciones. No hago nada para ahuyentarlo; por el contrario, como estoy sola, ya que mi marido se halla en uno de sus frecuentes viajes, me instalo en el más confortable de los sillones, dejo libres los recuerdos y retrocedo a mi infancia:

Yo tendría, más o menos, diez años. Era una bochornosa tarde del mes de septiembre, y me hallaba leyendo en el cuarto de estar de la casona que teníamos, y aún tenemos, en un pueblo de Extremadura.

Estaba completamente inmersa en la lectura cuando un inesperado y violentísimo trueno hizo que la abandonara.

No soy, ni era entonces, una persona asustadiza; pero el estruendo fue aterrador. Vibraron amenazadoramente los cristales, y, ante el largo retumbar de las paredes, llegué a pensar que la casa iba a venirse abajo.

De modo que dejé el libro en cualquier parte y corrí hacia mi dormitorio porque sabía que allí estaban mi madre y Rosa, la persona que la ayudaba en las tareas domésticas, ordenando la ropa de otoño en el armario.

Sin embargo, cuando llegué, la tormenta había terminado.

Fue algo verdaderamente extraño: un único y enorme trueno, acompañado de lluvia torrencial, y luego todo cesó, tan de súbito como había comenzado.

Empujé la puerta, estupefacta; pero me detuve en el umbral porque desde la calle subía un rumor de voces alteradas y confusas; hasta creí oír algún grito.

Instintivamente miré hacia la ventana y entonces vi que la mecedora, que estaba delante de ella, se movía por sí misma. Sin embargo no di importancia a tal cosa. En un primer momento pensé que el viento la impulsaba; por otra parte, en seguida sobrevino aquel singular y absoluto silencio: ni una voz, ni un ruido, ni un eco a lo lejos. Parecía como si el mundo se hubiera detenido.

Pasados unos instantes de asombro, temí haberme quedado repentina y totalmente sorda; pero tan desagradable impresión duró apenas unos segundos, porque de nuevo escuché aquel extraño clamor que llegaba de la calle.

Como deseaba averiguar qué ocurría, comencé a moverme en dirección a la ventana. Me detuvo un grito de advertencia de mi madre.

La miré sorprendida y sobresaltada, y observé que sus ojos, abiertos de par en par, estaban fijos en la mecedora, que continuaba balanceándose. Mi asombro llegó al máximo cuando se interpuso entre el mueble y yo y agitó los brazos varias veces, rápida y angustiosamente.

Luego se volvió hacia mí. Su mirada estaba sombreada de espanto y en sus labios y sus manos había un continuo e intenso temblor.

Me invadió tal sensación de miedo y desconcierto que huí del dormitorio y corrí a refugiarme en el despacho.

Creo que elegí aquel lugar porque estaba íntimamente relacionado con mi padre, cuya figura significaba para mí seguridad y protección.

Ese día no estaba en casa; pero su sillón era grande y tenía un altísimo respaldo.

En él me encontró mi madre, acurrucada y abrazada a mí misma.

Ella, que estaba muy pálida, se arrodilló a mi lado y comenzó a murmurar una serie de explicaciones que más bien parecían disculpas:

—Siento haberte asustado, hija. Ya sabes el miedo que me dan las tormentas, y aquel trueno... Tembló

la casa entera... y luego, la gente gritando en la calle...

—¿Qué pasaba en la calle? Ya había acabado la tormenta cuando la gente gritó –pregunté.

—No lo sé, Andrea.

—¿Y tú por qué gritaste cuando yo iba a acercarme a la ventana?

Al responder, su voz sonó débil e insegura:

—Algo que me pareció ver... Imaginaciones mías.

—¿Qué te pareció ver?

—Bueno, no estoy segura –balbució. Yo insistí, y cuando respondió, sus labios temblaban otra vez–: Una especie de sombra, y como tú te acercabas... Fue algo instintivo, una reacción histérica... Mis nervios, hija, a veces no puedo controlarlos... Por favor, olvídalo, sería la sombra de alguien que pasaba por la calle, o la de la rama de un árbol.

Mi madre era una mujer extremadamente nerviosa, cualquier cosa inesperada la desequilibraba. Por tanto no era extraño que la tormenta la hubiera asustado. Ni tampoco que gritara si creyó ver una sombra junto a la ventana.

También lo hizo el día que Ramón, un chico cuya mente era de niño pequeño y su cuerpo de hombre grande, aplastó su cara de luna oscura contra la cristalera del comedor.

Nos miraba y sonreía mientras alargaba la mano, enseñándonos algo.

Al verlo, mi madre gritó y se levantó derribando la silla.

—Creí que quería hacernos daño, tirarnos una piedra –explicó luego más que avergonzada.

Pobre Ramón, sus ojos de tonto bueno se empañaron de asombro y de tristeza. Cuando abrió su mano, dentro había una naranja dorada. Era la primera del invierno y él deseaba ofrecérmela porque sabía lo mucho que me gustaban.

No fue esa la única vez que los nervios de mi madre se rompieron sin motivo. La vi alterarse muchas veces por cosas absurdas. Por eso acepté sus explicaciones sin mayor dificultad.

Pero aquella noche, cuando nos acostamos juntas en la gran cama de matrimonio (siempre lo hacíamos si papá no estaba en casa), volvió a comportarse de manera sorprendente. De pronto me estrechó contra su cuerpo, con tanta fuerza que llegó a hacerme daño.

—Mamá, ¿qué pasa? –pregunté sin entender su actitud.

—Que te quiero. ¿Es que no puedo abrazar a mi hija?

—Sí, claro –murmuré con asombro.

Por supuesto no era nada nuevo que mi madre me quisiera, pero sí que me abrazara de aquella forma.

Que yo recordara, únicamente hizo algo semejante el día que estuvo a punto de atropellarme un coche. Pero entonces su reacción me pareció natural. Ahora, en cambio, no entendía el motivo de una demostración de cariño tan exagerada.

2

El misterio
del cuarto cerrado

A la mañana siguiente encontré cerrada con llave la puerta de mi dormitorio.

Cuando pregunté el motivo, mi madre me respondió que había visto una rata debajo del armario, y que Rosa cerró la habitación para que aquel bicho repugnante no recorriera la casa a su antojo. Por lo menos así sabríamos dónde encontrarla.

—Como papá está de viaje –añadió– he llamado a los chicos de la fontanería para que la maten. Vendrán en cuanto puedan.

Me sorprendió que en mi cuarto hubiera una rata. Alguna vez se colaba un ratoncillo curioso o alguna lagartija despistada; pero ratas nunca, por lo menos hasta entonces.

—A lo mejor es un ratón, mamá –se me ocurrió decirle.

—¡Es una rata! –me gritó.

Ya he dicho que mi madre era una mujer extremadamente nerviosa; pero eso no significaba que no fuera también cariñosa y amable. Rara vez se enfadaba, y cuando lo hacía, se mostraba más dolorida y desilusionada que iracunda. Sin embargo, entonces su voz sonó enfurecida.

No podía entender su reacción y la miré perpleja. Ella correspondió a mi mirada desviando la suya. Y seguidamente se marchó apresurada, dando así por terminada la cuestión.

Los chicos de la fontanería no vinieron por la mañana, ni tampoco por la tarde.

—No te preocupes, Rosa ha puesto tus cosas en el cuarto de invitados –dijo mi madre.

Y, efectivamente, todo estaba allí. No solo mis libros y mis ropas, sino también lo que era imposible que destrozara una rata. Parecía que me habían trasladado de cuarto de manera definitiva.

«¡Hay que ver lo que forman por nada!», pensé, sin atreverme a expresarlo en voz alta.

Al día siguiente tampoco aparecieron los de la fontanería.

—¿Cuándo van a venir a matar a la rata? –pregunté, deseosa de volver a mi cuarto. Durmiendo en el de invitados, me sentía como una extraña en mi propia casa.

—¡Cuando puedan! –respondió mi madre, y, por el tono de su voz, aprecié que seguía nerviosa.

La llegada de mi padre, aquella misma tarde, supuso un verdadero alivio. Él mataría a la rata y tranquilizaría a mamá.

Pensaba hablarle en seguida de ello, pero mi madre me pidió que no lo hiciera:

—No le digas nada ahora; está muy cansado. Ya habrá tiempo mañana, Andrea –me susurró en un rápido aparte.

Pero a la mañana siguiente no hubo tiempo para que mi padre matara a la rata. Sencillamente porque el animal no existía. Me lo confesó él mismo después del desayuno.

Mi madre salió la primera del comedor, y yo pensé que era el momento de pedirle a papá que acabara con el fastidioso bicho que me había expulsado de mi cuarto.

Pero fue él quien inició la conversación:

—Oye, Andrea, no hay ninguna rata en tu cuarto –dijo sonriéndome.

Yo también sonreí:

—Claro, es un ratón; se lo dije a mamá y se enfadó. Supongo que no lo habrás matado.

Mi padre movió la cabeza.

—¡Menos mal! –exclamé, y luego añadí–: ¿Dónde lo has echado, a la calle o al jardín?

—Ni a un sitio ni a otro. Tampoco hay un ratón en tu cuarto, Andrea. No hay nada. Era una excusa de tu madre para cerrar la puerta con llave.

Lo miré con ojos de asombro.

—Verás, Andrea –continuó–. Si tú fueras una cría, o una niña cobarde, trataría de explicártelo de otra manera. Pero me consta que eres una persona inteligente y razonable, y sé que me vas a entender perfectamente.

Mi asombro era absoluto. No tenía la menor idea de por qué me hablaba de aquella forma. Pero traté de disimular porque quería que siguiera pensando que yo era una persona inteligente y razonable.

—Ya sabes lo sumamente nerviosa que es mamá –siguió diciéndome–. Pero no puede evitarlo. Unas personas son calmadas y otras no; es una manera de ser, y contra el propio carácter es muy difícil luchar.

Mi padre se interrumpió para comprobar si yo seguía sus razonamientos.

Lo miré muy seria, y con un movimiento de cabeza le indiqué que lo entendía.

—Pues bien –continuó–; tu madre cree haber visto una sombra en tu dormitorio.

Hice un gesto de desilusión. No comprendía por qué había necesitado casi un discurso para explicarme algo tan simple.

—Eso ya lo sé –dije–. Fue la tarde de la tormenta. Hubo un trueno enorme. ¡Uno solo!, papá. Yo me asusté y mamá también. Pero la sombra era de alguien que pasaba por la calle, o de la rama de un árbol que se movía.

Papá negó con la cabeza:

—No, Andrea, tu madre cree que en esa sombra había algo extraño, inquietante.

Otra vez miré a mi padre con asombro.

—En fin, hija, ella se figura que tenía algo de…, no sé cómo decirlo, de sobrenatural.

—¿De sobrenatural? –pregunté todavía sin comprender.

—Me refiero a que no parecía de este mundo.

—¿Quieres decir que era una especie de fantasma? –pregunté mientras un largo cosquilleo me recorría la espalda.

—Más o menos. Por supuesto se trata de una imaginación de mamá y ella lo sabe. Sabe que no pudo ver un fantasma porque los fantasmas no existen. Pero creyó verlo y le es imposible dejar de angustiarse.

Mi padre hizo una pausa, se aclaró la voz, apretó una de mis manos y añadió:

—Trata de comprender a tu madre, por favor. Está impresionada; es algo absurdo, desde luego, pero te repito que no puede evitarlo. Créelo, hija, su miedo es superior a su razón.

Yo hice repetidos gestos de haber comprendido, y no solo para que mi padre mantuviera la favorable impresión que tenía de mí, sino también porque lo que decía me interesaba sobremanera. Que mamá creyera haber visto un fantasma en mi cuarto, aunque no fuera cierto, me parecía algo realmente emocionante.

—Como comprenderás, no hay nada extraño en tu dormitorio –continuó diciéndome–, pero la excitación de tu madre me preocupa. Con sinceridad, temo que su delicado sistema nervioso acabe enfermando seriamente. Tenemos que procurar que se mantenga lo más calmada posible. Por eso te voy a pedir que sigas durmiendo en el cuarto de invitados, y también que no hables con ella de este asunto. ¿Me lo prometes, hija?

De ningún modo quería que mi madre enfermara, así que me apresuré a prometérselo.

Papá dijo entonces que era muy difícil que hubiera otra chica de diez años más inteligente y madura que yo. Luego se levantó y me besó en el pelo.

Nos dirigimos juntos hacia la salida del comedor. Caminando a su lado por el pasillo, sentía una íntima y profunda satisfacción. Me consideraba casi una adulta. Mi padre confiaba en mí y me necesitaba para ayudarle a cuidar de mamá.

—Y ahora olvídate de todo esto –me recomendó, a punto de entrar en su despacho.

Yo asentí, y de pronto recordé algo:

—Por favor, papá, ya que no voy a volver a mi cuarto, saca de allí la mecedora de la abuela.

Mi padre se detuvo, y no me respondió en seguida. Cuando lo hizo, sus palabras me impresionaron vivamente:

—Es que es la mecedora, Andrea... Se trata de eso... Allí es donde tu madre dice que estaba esa extraña sombra que creyó ver, sentada y balanceándose.

3

La mecedora de la abuela

YO sentía un afecto muy especial por aquella mecedora. Era un antiguo y recio, aunque cómodo, mueble de madera tallada que heredé de mi abuela paterna.

No tenerla significaba una verdadera contrariedad. Y no solo porque ya no podía hacer uso de algo que consideraba exclusivamente mío, sino también porque, en cierta forma, se rompía uno de los lazos que me unían al pasado, a mis raíces familiares.

Con independencia de esto, desde que supe que esa sombra que mi madre había creído ver descansaba precisamente sobre ella, la mecedora se convirtió para mí en algo misterioso y excitante.

Además, pensando en cómo se balanceaba la tarde de la tormenta, llegué a la conclusión de que, al contrario de lo que creí en un primer momento, era muy difícil que el viento moviera un mueble tan pesado. También caí en la cuenta de que aquel día el aire debía de estar en calma, porque cuando miré a la ventana, las cortinas no se agitaban. Entonces, ¿cómo se movía mi mecedora?... Y mi madre, ¿por qué gritó y corrió a situarse entre el mueble y yo?

La mecedora empezó a obsesionarme. La veía en mi mente balanceándose por sí misma, una vez y otra, lenta y pesadamente, como si hubiera alguien sentado en ella...

Con frecuencia miraba por el ojo de la cerradura de mi dormitorio, pero no podía distinguir nada. Debían de haber bajado las persianas y corrido las cortinas, porque el interior estaba absolutamente a oscuras.

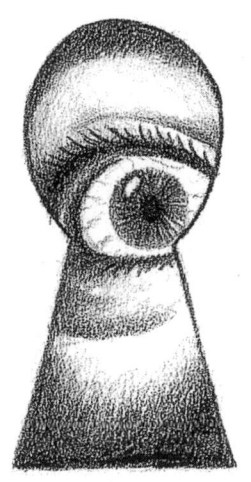

Mi curiosidad crecía minuto a minuto; sin embargo, había prometido no hablar sobre el tema con mi madre. En cuanto a mi padre, sabía muy bien lo que pensaba al respecto, y de qué modo le preocupaban los nervios sobreexcitados de mamá. ¿Cómo podía ir a decirle que yo también había visto la mecedora moviéndose sola? No, no podía, de ninguna manera. Nunca me creería y se preocuparía aún más pensando que mis nervios también habían enfermado.

Y de repente se me ocurrió: ¡Rosa! Rosa estaba en mi dormitorio el día de la tormenta, y también miraba la mecedora con ojos asustados. Quizá vio la sombra, y, si no fue así, mi madre podía haberle hablado de ella. Papá siempre decía que Rosa era el cajón donde mamá guardaba sus secretos.

Me latía el corazón, apresurado, cuando corrí a buscarla.

La encontré preparando la cena e inmediatamente le pregunté lo que deseaba saber:

—¿Qué pasó en mi cuarto, Rosa? ¿Qué fue lo que vio mi madre?

Ella no dejó lo que estaba haciendo y tampoco me miró. Trataba de mantenerse tranquila; pero me di cuenta de que mi pregunta la había sobresaltado.

—¿Qué día? –dijo, como si no supiera a qué me refería.

—El día de la tormenta; no te hagas la tonta, Rosa.

—No me hago la tonta, niña.

Yo insistí:

—¿Por qué gritó mamá?

Rosa se encogió de hombros y yo continué insistiendo:

—Mi padre dice que ella vio una especie de sombra…

—Pues si tu padre lo dice, sus razones tendrá…

—¿Cómo era esa sombra?

—¿Y yo qué sé? Sería oscura, como todas.

Rosa no quería soltar prenda y yo me estaba impacientando:

—Mira, Rosa, no disimules; ¿de quién era esa sombra?

—¡No disimulo, Andrea!, y no sé de qué me hablas –casi gritó.

—Bueno, no te enfades –le dije procurando suavizar el tono de mi voz, ya que aún tenía que hacerle la pregunta que más me interesaba–: Oye, Rosa, ¿y cómo se balanceaba la mecedora, si no había nadie sentado en ella?

Entonces sí que se sobresaltó. Las manos le temblaron y se puso intensamente pálida.

—¿Qué tonterías estás diciendo, niña? –dijo con voz bronca y extraña, como si de pronto estuviera afónica o se hubiera atragantado.

—Que la mecedora se movía sola, y tú lo sabes, porque la estabas mirando con ojos de miedo. No lo niegues, que te vi.

—Pues claro que lo niego. Yo no miraba a ninguna mecedora.

—¿Ah, no? ¿Qué mirabas entonces?

—Miraba a la ventana, por el alboroto de la calle; y me asusté porque creí que había sucedido alguna desgracia. ¿Pero sabes lo que te digo? Pues que me estoy cansando de tantas preguntas. Vete de una vez y déjame trabajar en paz.

Ya no me atreví a insistir más. Cuando Rosa decía basta, tratar de hablar con ella era tan inútil como pretender hacerlo con una estatua.

Durante algunos días continué devanándome los sesos y mirando inútilmente por la cerradura, hasta que una mañana, al darme la vuelta, me encontré con los ojos angustiados de mi madre.

Desde ese momento su inquietud con respecto a mí llegó a tales extremos que me sentí perseguida y agobiada: me observaba continuamente, incluso me seguía por la casa. Además, a partir de entonces comenzó a hablar de dejar el pueblo:

«Aquí no hay buenos colegios para Andrea…». «Debemos pensar en su futuro; en una ciudad tendrá muchas más oportunidades…».

Eran pretextos, por supuesto; pero ella los repetía sin cesar.

Al principio mi padre la oía y no decía nada. A él le gustaba nuestro pueblo y no concebía dejarlo. Tampoco yo deseaba vivir en ninguna otra parte. Sin embargo mamá estaba cada vez más irritable y sus nervios se rompían por cosas insignificantes.

Llegó un momento en que la situación se hizo insostenible y acabamos marchándonos.

—Regresaremos todas las vacaciones –prometió papá; pero no fue así.

Cuando llegaron las Navidades, mis padres y yo ni siquiera hablamos de volver al pueblo. Por aquellas fechas teníamos algo mucho más importante en qué pensar. Se trataba del embarazo de mi madre. Después de muchos años de desearlo intensa e infructuosamente iba a tener un nuevo hijo, y eso significaba tanto para nosotros que todas las otras cosas perdieron gran parte de su interés.

Luego, al acercarse las vacaciones de Semana Santa, mamá dijo que se sentía demasiado pesada para viajar al pueblo. Mi padre y yo, que la cuidábamos como a algo frágil y delicado que guardaba en su interior un pequeño tesoro, no nos atrevimos a insistir.

Dani nació en junio, y a partir de entonces nuestras vidas, la de mis padres y la mía, giraron alrededor de él.

A mi madre, sobre todo, la absorbió por completo. De tal forma era así que aquella época fue una especie de oasis de serenidad, en la que su sistema nervioso pareció haberse calmado definitivamente. Quizá porque sus principales preocupaciones consistían en que Dani comiera y durmiera bien, o en que le dolieran o no la tripa y los oídos. Por suerte, el nuestro era un bebé sano y alegre que crecía sin problemas.

Durante el verano, tampoco volvimos al pueblo. Allí hacía demasiado calor, dijo mi madre, y de nuevo papá y yo aceptamos sus razones. Por mi parte, me divertí tanto en la playa que no eché en falta ningún otro tipo de veraneo.

A lo largo del curso siguiente acabé aclimatándome a la ciudad. Las clases, los compañeros, Dani... Todo contribuyó a ello.

El caso fue que, por una u otra causa, casi siempre excusas que mi madre esgrimía en el último momento, pospusimos indefinidamente el regreso a la casona familiar. Papá, sin embargo, sí continuó yendo con frecuencia. Debía hacerlo para resolver algunos asuntos relacionados con las tierras de labranza que poseíamos en los alrededores del pueblo. Alguna vez insinué que me gustaría acompañarlo, pero con distintos pretextos mi madre impidió que lo hiciera. Así que, poco a poco, fui olvidando mi anterior modo de vida.

Pasó el tiempo, Dani y yo crecimos, estudiamos, terminamos nuestras carreras, nos casamos…

Mi hermano, dedicado a la investigación, se marchó a EE UU y allí formó su familia.

Tanto él como yo somos gente de asfalto y nunca regresamos al pueblo. Cuando nuestros padres murieron, gestionamos a distancia la venta de las tierras y conservamos la casa como una reliquia del pasado, pero prácticamente nos olvidamos de ella.

En cuanto a la extraña historia de la mecedora de la abuela, también terminé por olvidarla. Al principio de instalarnos en la ciudad pensaba alguna vez en ella; pero como no tenía respuestas que darme, decidí no hacerme más preguntas. Así que, con el fin de zanjar el tema para siempre, me di a mí misma una explicación cualquiera. Elegí la hipótesis del terremoto porque fue la primera que se me ocurrió y no era del todo ilógica: un terremoto de poca intensidad, coincidiendo con la tormenta, muy bien podía haber hecho que la mecedora se moviera.

Con respecto a la sombra que mi madre creía haber visto, acabé por pensar que con toda probabilidad no pasaría de ser una imaginación suya, o quizá una especie de ilusión óptica. Era eso precisamente lo que mi padre pensaba.

* * *

Y hasta aquí llegan mis recuerdos. Después de ordenarlos, he conseguido reproducir con bastante facilidad unos sucesos que tuvieron lugar hace muchos años, pero también he logrado que las antiguas preguntas vuelvan a martillear mi mente.

Las explicaciones que me resultaron suficientes cuando era niña han dejado de parecérmelo. Ahora ya no creo que fuera un terremoto lo que hizo que se moviera la mecedora, porque en tal caso también se hubieran movido otras muchas cosas, la lámpara, por ejemplo.

Y cuando recuerdo a mi madre, me digo que ciertamente era una mujer obsesiva y nerviosa; pero a lo largo de su vida nunca sufrió de alucinaciones. ¿Por qué iba a sufrirlas en aquella ocasión?

El caso es que aquel extraño suceso me interesa otra vez.

En un nuevo intento por saber, lo mismo que hace treinta años, he vuelto a pensar en Rosa. ¡Rosa! Puede que ella esté dispuesta a decirme ahora lo que antes no me dijo; por eso, aprovechando los últimos días de vacaciones, he decidido ir a visitarla.

Probablemente este interés que me ha invadido de pronto en relación con algo que sucedió hace tanto tiempo no sea más que una simpleza.

Quizá, analizándolo, algún psicólogo llegara a la conclusión de que tras él se oculta un deseo de recuperar la niñez perdida, o, lo que es igual, un ansia de romper las amarras que me sujetan a mi mundo de adulta. Yo, con un criterio más simplista, pienso que sencillamente supone una inyección de fantasía. La rutina ha sido la nota característica de mi vida en los últimos años: dar clases en la Universidad, preparar exámenes, corregirlos, asistir de cuando en cuando a coloquios y conferencias... Y de repente me siento llena de excitación, como si estuviera a punto de correr una aventura.

4

Volver

LA marcha está prevista para mañana. Acabo de hablar por teléfono con mi marido. Le he dicho que quiero comprobar el estado en que se encuentra la vieja casona. Es algo bastante convincente, ya que desde que murió mi padre, hace tres años, ha permanecido cerrada.

—Vuelve pronto. Tengo ganas de verte. A mi regreso me gustaría encontrarte en casa; hace quince días que estamos separados –me ha dicho.

—No te preocupes, regresaré mucho antes que tú, solo se trata de dar una vuelta –le he tranquilizado.

No he avisado a Rosa de mi llegada. Deseo darle una sorpresa. Aunque nunca hemos perdido el contacto, hace tanto que no la veo… Era ella la que solía acudir a visitar a mi madre, y no ha vuelto a la ciudad desde que mamá murió. Ahora se me ocurre pensar que bien pudiera haber ido yo alguna vez a visitarla. ¿Y por teléfono?, ¿cuánto hace que no la he llamado?, ¿un año? No tanto, desde las pasadas Navidades; de todas formas es mucho tiempo.

Mi vieja y gruñona Rosa... ¡Cómo va a alegrarse con mi vuelta!

* * *

¡Demasiado tarde! He regresado demasiado tarde, Rosa murió hace dos meses.

Su hermana, María Francisca, asegura que me escribió comunicándomelo; pero yo no he recibido su carta.

Me siento avergonzada, pues, aunque mi primer sentimiento al enterarme de esa muerte fue de tristeza, el segundo se parecía bastante al fastidio, o quizá sea más apropiado llamarle frustración. «Ya no tengo ningún modo de averiguar lo que ocurrió hace treinta años», me dije al reponerme de la primera y penosa impresión.

Ahora, a solas en el hotel en que me alojo, el único del pueblo, pienso más en aquel lejano suceso que en la cercana muerte de la pobre Rosa. Interiormente le pido perdón por mi egoísmo. Pero no puedo evitar sentirme decepcionada.

De todas formas, mañana me acercaré a la casona. Ya que estoy aquí, no me cuesta nada, y es conveniente que compruebe el estado en que se halla. Aunque ni mi hermano ni yo pensamos habitarla, no quiero que se deteriore.

* * *

Me encuentro ante mi vieja casa, contemplándola emocionada. No pensé que su vista pudiera afectarme de tal modo. Creía que, con el paso del tiempo, me había desligado de ella por completo. Pero no es así. He sentido una punzada de tristeza al mirar la gran fachada, antes tan solemne, con sus ocho balcones volados en cada una de las dos plantas, y las columnas flanqueando la puerta de roble. Ahora las persianas están rotas y descoloridas, y los muros sufren la humillación de suciedades y desconchones.

Me invade un hondo sentimiento de culpa y, dejándome vencer por la ternura, como si la casa fuera un ser vivo, huérfano de caricias, paso los dedos por las paredes, suavemente.

Al fin doy la vuelta a la llave y abro una de las dos hojas de la puerta. Me detengo en el umbral porque apenas veo. La electricidad está cortada; pero, poco a poco, la luz que llega desde el exterior aclara las sombras.

Hay telarañas y mucho polvo; sin embargo todo sigue igual que cuando nos marchamos, hace treinta años.

Del techo del zaguán cuelga el mismo farol de siempre, y los dos bancos de piedra continúan montando guardia a ambos lados de la cancela de hierro.

A través de los barrotes distingo la galería que rodea el patio. Una fuerte opresión me sube desde el pecho a la garganta, y a punto está de derramarse. Para evitar las lágrimas, empujo rápidamente la cancela.

La entrada en el patio no mejora mi estado de ánimo. ¡Qué tristeza de plantas muertas! Luego, una a una, voy recorriendo las habitaciones del piso bajo: el despacho de mi padre, el cuarto de estar, el comedor, la cocina…

Los recuerdos me salen al encuentro, como si estuvieran agazapados en los rincones, y son tantos…

Pero no puedo dejarme dominar por ellos. No he venido para revivir el pasado, sino para saber si la polilla carcome los muebles o si las humedades amenazan los techos.

Hago un esfuerzo para sacudirme la nostalgia y abro las ventanas de par en par: por fortuna no hay grandes desperfectos. Desde luego hace falta una limpieza a fondo. Habrá que dar una mano de pintura a las paredes y barnizar muebles y puertas; pero poco más.

Espero que el piso de arriba también esté en buenas condiciones.

Mi corazón se acelera a medida que subo escalones. La causa es que dentro de unos instantes voy a entrar en mi antiguo dormitorio. Supongo que continuará en él la mecedora de la abuela.

Al pensar en ella, algo parecido a un escalofrío corre por mi cuerpo. Aunque ya no pueda saber qué es lo que sucedió hace años, sigue siendo emocionante volver a contemplar el misterioso mueble.

Cuando al fin llego ante el dormitorio, estoy tan excitada que, instintivamente, las manos se cruzan sobre mi pecho, en un deseo de transmitirle un poco de sosiego.

Todavía espero unos segundos. Luego respiro hondo y empujo la puerta. Pero continúa cerrada a cal y canto. ¡Qué boba he sido al no pensar en eso! Decepcionada, me pregunto dónde podrá estar la llave. En seguida se me ocurre que quizá mi madre la guardaba en su propio dormitorio, y apresuradamente me dirijo hacia allá.

Abro la ventana y comienzo a revolverlo todo. Miro en el tocador, en el armario y en la mesilla de noche. Saco los cajones uno por uno… He buscado en todas partes, no hay posible escondrijo que yo no haya descubierto… ¿Dónde estará? ¿Y si mi madre la arrojó a algún sitio de difícil acceso con la intención de que nunca pudiera ser hallada?

De todas formas pienso abrir esta puerta. En última instancia llamaré al cerrajero. Pero no es necesario; un repentino impulso me hace volver al colchón. Acaba de ocurrírseme que quizá en el revés haya algo interesante, un descosido, por ejemplo.

Compruebo con satisfacción que, en efecto, lo hay. Introduzco en él los dedos, ahondo un poco y palpo algo duro: ¡la llave!

Con ella en la mano, sin preocuparme del estado caótico en el que he dejado el antiguo dormitorio de mis padres, corro hacia el mío.

Me inquieta pensar que la cerradura pueda estar atascada; pero no es así, después de cierto forcejeo, la puerta se abre.

Cuando miro el interior, lo primero que distingo es la mecedora, recortándose en la semipenumbra, contra la ventana.

Está completamente inmóvil y no hay ninguna sombra sentada en ella.

No esperaba otra cosa; sin embargo, durante unos segundos permanezco alerta, en un intento de captar algo extraño. Pero no hay nada de sobrenatural en esta habitación. Lo único que percibo es un desagradable olor a polvo envejecido. Es el olor del tiempo muerto, de las cosas que fueron y ya no son.

De pronto me siento abrumada de melancolía y soledad; no puedo resistirlo, y me precipito escaleras abajo, en un intento de huir de los recuerdos. Me duele pensar en aquellos días en los que la casa era un lugar habitado y alegre.

Salir a la calle supone un verdadero alivio. Siento la necesidad de respirar a bocanadas, y literalmente bebo aire limpio.

Luego el sol de septiembre, que es una caricia sobre mi piel, y el cielo azul y transparente acaban tranquilizándome.

De camino al hotel, decido que esta misma tarde voy a buscar algunas personas que limpien y pinten la casa.

* * *

Después de diez días de intensa actividad, la casona vuelve a tener un aspecto estupendo. Pero es obvio que, si continúa cerrada, acabará convertida en ruinas.

Para evitarlo, lo más sensato sería tratar de alquilarla. Lo hablaré con María Francisca esta tarde, cuando vaya a despedirme, porque me marcho mañana. Probablemente ella conozca a alguien que tenga interés en alquilarla. Le pediré también que haga de intermediaria en tal operación, para evitarme la molestia de unas visitas que, cuando comience el curso, me será muy difícil realizar.

5

Una extraña historia

YA no me voy mañana. Mi interés por el pasado ha vuelto a despertarse. El motivo ha sido algo que me ha revelado María Francisca.

Cuando fui a despedirme y le hablé de la posibilidad de alquilar la casa, ella me miró con ojos de duda.

—No creo que nadie entre en esa casa para quedarse. Ya fue bastante que encontraras personas que quisieran limpiarla. Porque era a la luz del día y pagaste mucho… En todo caso, alguien que no sea del pueblo –dijo haciendo un gesto de escepticismo.

—¿Y por qué alguien que no sea del pueblo? –pregunté extrañada.

—Por lo de la tejedora de la muerte –respondió como si se tratara de algo evidente.

La miré sin comprender… Para empezar, tenía una idea muy vaga de quién era ese extraño personaje. Buscando en mi memoria, encontré la imagen de una anciana de aspecto austero y desagradable que tejía constantemente junto a una de las ventanas de su casa. Los niños le teníamos miedo. Nos parecía casi una bruja; los mayores decían que era mala y que podía hacernos daño. Por eso, cuando pasábamos cerca de donde vivía, caminábamos temerosos, de puntillas y en silencio.

—¿Y qué tiene que ver esa mujer con mi casa? –pregunté.

—¡Qué cosas preguntas! ¡Cómo no va a tener que ver con tu casa una persona que nació en ella! –respondió María Francisca con vehemencia.

Yo la miré sorprendida. Siempre pensé que en la casa únicamente había vivido nuestra familia, desde que en el año 1872 la hiciera construir Juan Luis Bermejo, mi bisabuelo paterno.

—¿Pero es que tú no sabes quién era la tejedora de la muerte? –preguntó María Francisca al observar mi desconcierto.

Negué con un gesto.

—¿Y tampoco sabes nada de su vida? –añadió.

Yo volví a negar, y María Francisca continuó:

—Bueno, no es tan raro, después de todo... Cuando ella murió tú eras demasiado pequeña para conocer ciertas cosas. Y como luego os fuisteis del pueblo tan de repente...

La miré con curiosidad, porque en sus palabras había un evidente tono de misterio.

—¿Por qué tenía que saber yo quién era esa mujer? Y su vida, ¿qué motivos había para que la conociera o dejara de conocer? Has conseguido intrigarme; por favor, dime quién era esa tejedora de la muerte.

No hizo falta que insistiera; María Francisca tenía tanto interés en contar la historia como yo en escucharla.

—«Las cosas vienen desde muy lejos –comenzó a explicar, en voz baja y sugerente, mientras sus ojos brillaban de excitación–. Juan Luis Bermejo, tu bisabuelo, solo tenía dos hijas, Elisa y Claudia. Elisa se casó pronto y mal. Ella era demasiado joven y su marido demasiado calavera, bebía como una cuba y, para colmo, tenía el vicio de jugar a las cartas; además de eso, su cabeza era una jaula de grillos, dentro no había una sola idea sensata, todo eran fantasías.

»Pero a Elisa se le metió entre ceja y ceja casarse con él. Por supuesto en contra de sus padres, que le advirtieron lo que podía dar de sí un hombre de esa clase.

»Poco después de la boda se marcharon del pueblo. Eso era natural, porque todo el que podía le gustaba hacer su viaje de novios, pero ya no lo fue tanto que no regresaran de él.

»Varios años pasaron dando tumbos por ahí, sin decir dónde estaban ni de qué se mantenían. Ni escribían siquiera. Bueno, escribir sí que escribían, pero solo para pedir dinero.

»Te puedes imaginar el disgusto de sus padres. Era un sinvivir el suyo pensando en aquella hija.

»Menos mal que Claudia se casó con un buen muchacho, formal y muy trabajador. Fue en aquella casa como un hijo más, y ayudó a su suegro a sacar partido de las tierras. De tal manera que el capital de tu bisabuelo se duplicó en poco tiempo.

»De Elisa no se supo nada durante diez años, o casi nada, porque ya te he dicho que de cuando en cuando escribía para pedir dinero. Y de pronto un día apareció, sin avisar y sin dar explicaciones. Dijo:

»—Me fui y aquí estoy –y ¡cómo volvió!... Tenía treinta años y parecía que eran cincuenta. Su marido la había abandonado y ella regresó a la casa de sus padres, sola y más amarga que la hiel.

»Su carácter, que nunca fue bueno, se volvió inaguantable; por lo menos eso decían los criados, porque la familia no soltaba prenda. La soportaron durante muchos años lo mejor que pudieron.

»Pero el verdadero problema ocurrió cuando murió el padre. La madre había muerto dos años antes, y se leyó el testamento: ¡la casa grande le tocaba a Claudia, aunque Elisa era la mayor! A ella le correspondió otra que había comprado tu bisabuelo al lado de la iglesia. Todo lo demás, dinero y tierras, se repartió en partes iguales.

»Digo yo, y dicen muchos, que lo de dejarle la casa familiar a Claudia y no a Elisa estuvo bien hecho.

Primero porque Claudia tenía hijos que la heredaran y Elisa no, y segundo porque Claudia se lo merecía. Ella y su marido trabajaban duro por las cosas de la familia. Elisa, en cambio, no hacía más que tejer y criticar, que a todo lo de los demás siempre le encontraba un pero. De la casa nunca se ocupó. Y a las casas hay que quererlas y hay que cuidarlas, porque si no las toma la tristeza y se dejan morir, como las personas. Hoy son las goteras, mañana las tejas, pasado una cornisa…

»Bueno, a lo que íbamos: cuando se leyó el testamento, a Elisa se la llevaron los diablos. Pero como era más orgullosa que la reina de Saba, al día siguiente se trasladó a la casa de la iglesia. Y eso que Claudia le ofreció que se quedara hasta que quisiera, o para siempre. Ella ni le contestó, cogió sus maletas y dio el portazo. Pero dicen que antes de darlo juró por su propia alma que un día volvería a aquella casa, "¡aunque fuera muerta!"».

María Francisca se interrumpió para ver qué efecto me causaban sus palabras.

Yo estaba realmente interesada por lo que oía; pero aún estaba más sorprendida: mi abuela Claudia murió cuando yo tenía cinco años. Entendía que era demasiado pequeña para que ella me contara historias de familia. Lo que no comprendía era que mis padres nunca me hablaran del parentesco que teníamos con la extraña anciana que vivía junto a la iglesia.

Se lo pregunté a María Francisca.

—Elisa no quiso tener relaciones de ninguna clase con su familia... y además, con lo que se decía de ella...

—¿Qué se decía?

Me respondió en susurros, como si sus palabras fueran demasiado terribles para pronunciarlas en voz alta:

—¡Que tejía la muerte!

La miré perpleja, pensando que no había oído bien. Ella continuó, con el mismo tono, sobrecogido y misterioso:

—Tejía durante todo el día. Cualquiera podía verla, siempre sentada junto a la ventana, con una labor de punto que no tenía forma.

—¿Que no tenía forma?

—Sí, que no tenía forma. No era un jersey, ni una toquilla, ni nada concreto. Sólo era una estrecha tira de lana que estaba formada por franjas del mismo tamaño.

—¿Una bufanda?

—No era una bufanda, porque las bufandas son largas, y su labor era unas veces larga y otras corta. Según.

—¿Según qué?

—Según la edad del que se moría.

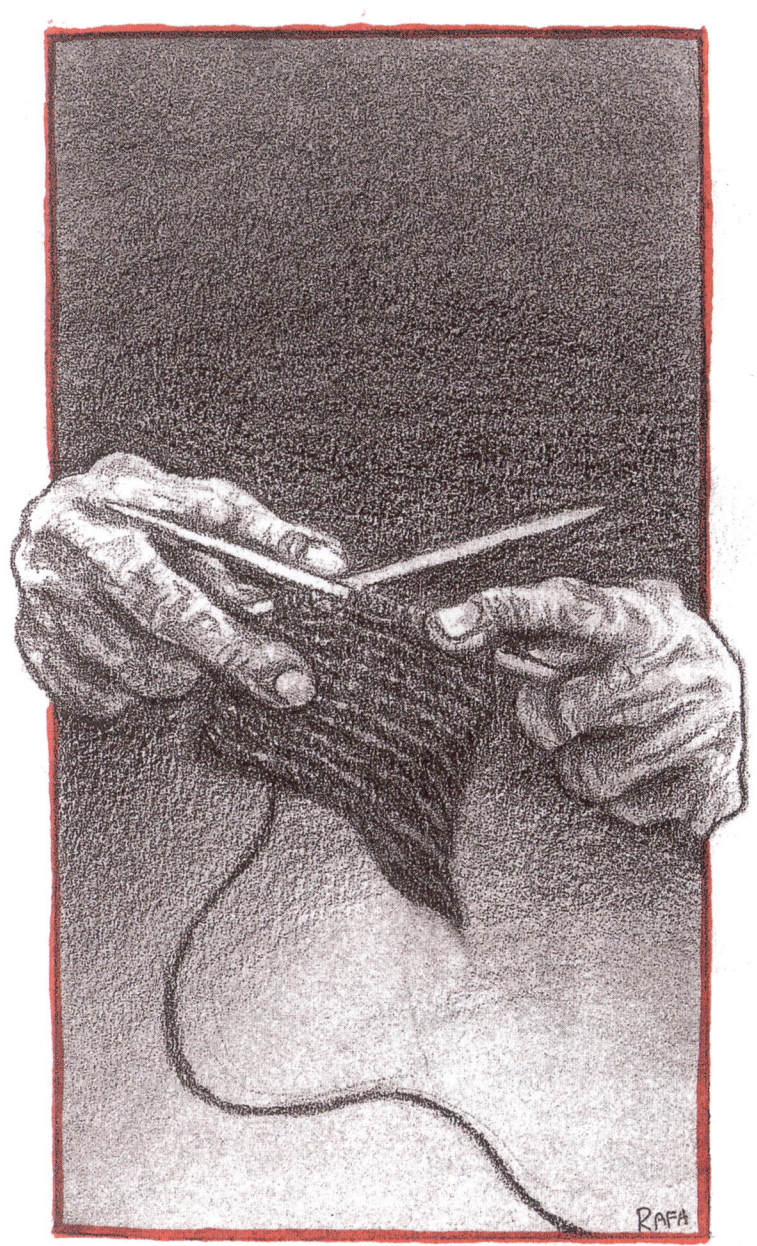

La miré sin saber si hablaba en serio o trataba de burlarse de mí.

Pero María Francisca no estaba de broma. Prosiguió, y su voz continuó siendo la de una persona profundamente impresionada por lo que contaba:

—Tejía y tejía. Nunca cesaba de tejer. Cuando la labor era demasiado larga, la deshacía y comenzaba de nuevo. Hasta que un día la terminaba. Entonces sucedía la desgracia.

—¿Qué desgracia?

—¡Alguien se moría! Y ese alguien tenía exactamente los mismos años que franjas había en la labor de la tejedora... Cualquiera podía comprobarlo, porque ella la colgaba en la ventana. Daba miedo contar las franjas; nunca se equivocaba.

María Francisca calló un momento y luego añadió, como si hablara consigo misma:

—Sabía cuándo alguien iba a morir. Olía la presencia de la muerte, o todavía peor: ¡llamaba a la muerte! Y la muerte le obedecía.

Yo la miré con incredulidad; pero ella insistió, absolutamente convencida de sus palabras:

—La tejedora era mala. La envidia y el rencor hicieron un nido en su alma. Odiaba la memoria de su padre porque no le dejó la casa; odiaba a su hermana porque la tenía; odiaba al marido que la abandonó; odiaba a los que eran felices porque ella no lo era… Se encerró en la casa de la iglesia y se convirtió en una muerta en vida. Solo disfrutaba cuando alguien sufría. Por eso llamaba a la muerte con sus agujas.

Durante algún tiempo no supe qué decir. María Francisca también callaba. De pronto una luz se encendió en mi cerebro y sonreí:

—Era astuta esa mujer –murmuré en seguida, y añadí–: le gustaba atemorizar a la gente; pero nadie se moría cuando ella terminaba su labor.

Los ojos de María Francisca relampaguearon de indignación. Pero yo no le permití hablar:

—Terminaba su labor cuando sabía que había muerto alguien, lo que es completamente distinto –añadí.

María Francisca mostró su desacuerdo moviendo enérgicamente la cabeza, y preguntó:

—¿Y cómo sabía cuándo se moría alguien si casi no salía de su casa?

—Por las campanas. Las campanas doblan cuando se produce una muerte, y ella vivía al lado de la iglesia.

—¿Y de las franjas qué? ¿Cómo sabía los años justos que tenía el que se había muerto? Porque años y franjas eran los mismos siempre.

Me encogí de hombros:

—Había muchas maneras de saberlo. A todas horas se la veía junto a la ventana. No hablaba con nadie, pero seguro que se enteraba de todo. No hacía otra cosa que tejer y escuchar… Por la plaza pasa todo el mundo, de compras, a la iglesia… Y la gente charla… Cualquier cosa dicha al paso podía ser una pista para ella. Y además, cuando una persona va a morir, o ya ha muerto, su familia llama al médico y al cura. La casa del médico está y ha estado siempre en la plaza, y al cura lo tenía al lado, así que, ya ves, era muy fácil. Se trataba de abrir bien los ojos y los oídos.

María Francisca estaba francamente contrariada. Le costaba aceptar que aquella terrible tejedora de la muerte no fuera otra cosa que una solitaria y astuta anciana que disfrutaba atemorizando a los vecinos.

—De todas maneras –añadí–, aunque esa mujer fuera un ser tan extraño o tan malvado, no entiendo por qué alguien del pueblo no va a arrendar mi casa solo porque naciera en ella.

—No es solo por eso –me contestó rápidamente, y en su voz creí apreciar un matiz de victoria mientras sus ojos volvieron a brillar con luces de misterio.

La curiosidad debió de reflejarse de nuevo en los míos, porque continuó hablando sin que yo le hiciera ninguna pregunta.

—¡La tejedora está allí! –afirmó con voz quebrada por la emoción.

—¿Qué quieres decir?

—¡Que su espíritu vive en tu casa! –susurró.

6

Coincidencias

AUNQUE lo que María Francisca me había contado hasta entonces tenía el aspecto de no ser más que un conjunto de habladurías, al oír sus últimas palabras me sentí vivamente interesada. De inmediato pensé que aquel espíritu del que hablaba podría estar relacionado con la misteriosa sombra que, años atrás, mi madre creyó ver sentada en la mecedora de la abuela. Era más que probable que si Rosa sabía algo al respecto, se lo hubiera confiado a su hermana. Seguramente a eso se refería ella, así que, después de todo, quizá yo estuviera a punto de descubrir el secreto de la mecedora.

Con un gesto de excitación animé a María Francisca para que continuara.

—En el pueblo todo el mundo cree que el espíritu de la tejedora está en tu casa, desde el mismo día que sepultaron su cuerpo –siguió diciendo–. Yo no fui al entierro, pero mi marido sí, y él no era de los que se asustaban por cualquier cosa, ni tampoco de los que veían visiones.

Al llegar a este punto se detuvo y me miró con fijeza. Quería comprobar si yo abrigaba alguna duda con respecto al valor de su difunto esposo.

Debió de quedar completamente satisfecha, porque continuó en seguida:

«—Mi marido dijo que cuando el cortejo fúnebre pasaba por delante de la antigua casa de la muerta, o sea, de tu casa, los hombres que llevaban el ataúd se detuvieron de pronto. No sabían por qué. Parecía que algo invisible se lo ordenaba.

»Estaban mirándose unos a otros, como preguntándose qué era lo que ocurría, cuando sucedió algo también muy extraño; fue lo de aquella tormenta, que, sin ningún aviso, se les vino encima. El cielo estaba claro, únicamente había en él una nube oscura; pero no parecía que fuera a descargar, y menos tan de repente.

»Sonó un trueno enorme, ¡uno solo!, y comenzó el diluvio. ¡Qué manera de llover!

»Los hombres que, como ya he dicho, se habían detenido sin saber por qué, quisieron apresurarse y, con el sofoco y el aturullamiento, dejaron caer el ataúd. A causa del golpe, se abrió la tapa, y entonces a todos les tomó el espanto y corrieron, cada cual hacia donde pudo. Hasta hubo alguno que gritó, como si fuera un niño.

»La caja quedó abierta en el suelo, y los hombres no se atrevieron a acercarse para cerrarla. Y menos aún cuando cesó la lluvia y sobrevino aquel silencio tan hondo que parecía que el mundo había dejado de dar vueltas. Ni los pájaros piaban, y eso que después de una tempestad se sueltan a cantar todos a la vez... ¡Daba miedo aquel silencio! Pero lo más temible sucedió luego, cuando por fin el cura se acercó al ataúd para cerrar la tapa. Fue arrimarse a la caja y saltar hacia atrás, como si le hubiera dado calambre o le hubiera atacado una víbora. Luego se quedó pasmado, con los ojos en blanco, y no hacía más que santiguarse.

»Los hombres, por la curiosidad de saber qué era lo que había alterado al sacerdote, se acercaron también, aunque con pasos lentos y temerosos, escudándose los unos en los otros.

»Cuando llegaron ante la muerta, el terror se apoderó por entero de sus almas y de sus cuerpos. Temblaban como perrillos chicos y ninguno podía creer que fuera posible lo que estaban viendo. No parecía cosa real, sino un mal sueño».

—¿Y qué estaban viendo? –pregunté con un hilo de voz.

—Pues estaban viendo un cadáver con los ojos cerrados y las manos cruzadas sobre el pecho.

La miré estupefacta:

—Así suelen estar todos los cadáveres –susurré.

—La tejedora no estaba así cuando la metieron en el ataúd. Entonces tenía los ojos bien abiertos y tan redondos como dos lunas llenas. Una vecina mía, que estaba presente, dijo que imponía mirarlos. Las monjas del asilo, que fueron las que la amortajaron, hicieron lo imposible por cerrárselos y no lo consiguieron. Y luego estaba lo de la labor de punto...

María Francisca bajó aún más la voz, y yo, que ya estaba sobrecogida por lo que hasta entonces había oído, sentí que el corazón se me encogía en el pecho.

—Cuando la tejedora murió, tenía entre las manos sus agujas de hacer punto con una labor ya terminada. Y con ella la metieron en la caja, porque ni las monjas del asilo, ni el cura, ni nadie, fueron capaces de quitársela. La vieja sujetaba las agujas como si en vez de dedos tuviera garras de acero; pero luego, cuando el ataúd cayó y el sacerdote se acercó para echar la tapa que se había abierto con el golpe, la tejedora tenía los ojos cerrados y las manos cruzadas sobre el pecho. Y lo más extraño fue que las agujas no estaban en ninguna parte.

María Francisca calló, y un profundo silencio se interpuso entre las dos.

—Y ¿qué me dices tú ahora? ¿Tiene razón o no la gente de este pueblo cuando afirma que el ánima de la tejedora se instaló entonces en tu casa? –me preguntó después de una breve pausa.

Y en seguida añadió:

—Las agujas desaparecieron porque ella se las llevó consigo. Las necesitaba para seguir tejiendo muerte durante toda la eternidad. Y a su cuerpo, cuando se quedó libre del mal espíritu que lo habitaba, se le cerraron solos los ojos y se le cruzaron las manos. Fue como una señal para que la gente entendiera. Y la gente comprendió que, aunque ya estaba muerta, su espíritu no la abandonó hasta que fue a alojarse en tu casa. Yo te lo digo, Andrea, el fantasma de la tejedora está en ella. Por eso nadie del pueblo va a alquilártela.

Cuando María Francisca calló, yo estaba trastornada. Muchas de las cosas que acababa de oír coincidían extrañamente con lo que ocurrió hacía treinta años: la breve e inesperada tormenta…, aquel trueno enorme, ¡uno solo!…, la lluvia torrencial que cesó enseguida…, los murmullos asustados en la calle y luego el silencio absoluto, tan profundo que parecía que el mundo se había detenido… Y había más: un espíritu que se escapaba del cuerpo que le dio cobijo en vida, justo en el momento en que el cortejo que lo trasladaba al cementerio pasaba por delante de la casa que fue suya, ¡la mía, precisamente! Pensando en ello me vinieron a la memoria los ojos espantados de mi madre, fijos en los balanceos de la mecedora.

—¿Recuerdas en qué época del año murió esa mujer? –pregunté tratando de disimular mi ansiedad.

—En este mismo mes, mediado septiembre, más o menos –respondió sin una duda.

—¿Cómo estás tan segura?

—Por las petunias, que ya se iban agostando. Yo estaba en la ventana cuando pasó el entierro; limpiaba las macetas de flores secas y recogía semillas. Se me fueron todas de las manos al oír ese trueno horroroso... Y además por los niños. Los niños salían del colegio a las cinco y pasaban por mi casa, alborotando como una bandada de pájaros. Eran las cinco, oí dar las campanadas en el reloj de la iglesia y los niños no pasaron. Eso era porque todavía tenían vacaciones, igual que ahora, Andrea. Los chiquillos no han vuelto aún a clase, ¿no ves qué calma hay en la calle el día entero?

—¿Y no podía ser domingo? –pregunté.

—Era miércoles. Al día siguiente hubo mercadillo y la gente no hablaba de otra cosa que no fuera del entierro de la tejedora. En el mercadillo me encontré a la sobrina del cura, y me dijo una cosa que me heló la sangre en las venas. Tiemblo todavía al recordarlo.

—¿Qué te dijo la sobrina del cura?

—Que la labor era para un niño.

—¿Qué labor?

—La que la tejedora tenía entre las manos cuando la metieron en la caja, la que luego desapareció.

—¿Y cómo sabía la sobrina del cura que la labor era para un niño?

—Porque solo tenía diez franjas.

—Acabaría de empezarla.

—No, porque estaba rematada. Era para un niño. Y eso chocaba, porque la tejedora nunca se equivocó:

tantos años tenía el difunto, las mismas franjas tenía la labor. Pero entonces no murió ningún niño en el pueblo; fue ella la que se murió.

Para mí carecía de interés cuántas franjas tenía ni a quién estaba destinada la labor. Lo que de verdad me interesaba era saber si María Francisca también recordaba cuántos años habían pasado desde aquellos extraños sucesos.

Lo recordaba. Su respuesta acabó de trastornarme porque las coincidencias eran ya demasiadas.

—¡Treinta! –afirmó sin dudas, para en seguida añadir–: Rosa y yo vivimos treinta años juntas, desde que tus padres se marcharon a la ciudad y ella no quiso acompañarlos. Eso fue poco después de la muerte de la tejedora. La gente decía que su espíritu os echó de vuestra propia casa, que tu madre se volvió medio loca porque sabía que ella estaba allí, y que tu padre, para que no enloqueciera del todo, acabó llevándosela del pueblo.

De pronto María Francisca se interrumpió y me miró con fijeza. Yo temía que hubiera advertido la gran desazón que me invadía; sin embargo no era eso.

—Pero, oye, Andrea, cuando la tejedora murió, tú vivías en esa casa... ¿Presenciaste alguna cosa extraña? –me preguntó visiblemente excitada.

No respondí y ella insistió.

—Andrea, ¿oíste gemidos...? ¿Viste alguna sombra...? ¿Cosas que se movieran solas...?

Hice un enorme esfuerzo para aparentar serenidad y negué con la cabeza. De ninguna manera quería que adivinara la extraña emoción que yo sentía en aquellos momentos.

María Francisca me miró decepcionada y murmuró:

—¡Con lo que yo daría por enterarme de lo que sucedió...! ¡Y pensar que Rosa también estaba allí...! Pero mi hermana era una tumba, sobre todo para las cosas de tu familia. Si vio algo raro, no abrió la boca... Bueno, pues ni ella ni tú, ¡qué le vamos a hacer...! ¿Y a ti nadie te dijo lo que ocurrió el día del entierro de la tejedora? –me preguntó después de un breve silencio.

De nuevo negué con un gesto, y ella continuó.

—Pues mira que es eso extraño. En el pueblo no se hablaba de otra cosa; los chiquillos no podían dormir pensando en la muerta.

A mí también me sorprendía no acordarme de algo tan insólito como lo que María Francisca me había revelado. Medité durante unos segundos y creí encontrar la explicación:

—En los días anteriores a nuestra marcha, pasábamos muchas horas en la finca, con mi padre. Volvíamos al pueblo al atardecer, y mi madre ya no me dejaba salir a jugar con mis amigas.

—Entonces sería por eso; si tú no hablabas con nadie... –murmuró María Francisca, para añadir con vehemencia–: ¿Lo ves, Andrea? Tu madre no quería estar en la casa porque el fantasma había entrado en ella, y no te dejaba jugar con las niñas para que nadie te comentara lo que la gente decía... Tu madre sabía algo y tenía miedo, Andrea...

7

El experimento

CUANDO abandoné la casa de María Francisca, me sentía profundamente confundida y excitada. La mayor parte de lo que acababa de oír no solo coincidía con mis recuerdos, sino que, además, los completaba de manera sorprendente.

Ignoraba qué había de cierto en aquella extraña historia de la tejedora de la muerte; pero me atraía de tal modo que no podía apartarla de mis pensamientos. Hasta tal punto era esto así que pasé la mayor parte de la noche desvelada.

Se acercaba el alba cuando, de súbito, se me ocurrió la peregrina idea de realizar una especie de experimento parapsicológico. En principio, se trataba de ir a encerrarme a solas en mi antiguo dormitorio de la casona y obligar a mi mente a concentrarse en el pasado.

Tan singular ocurrencia se sustentaba en cierta hipótesis, para algunos científica, según la cual las imágenes y los sonidos no se destruyen, sino que permanecen en el espacio para siempre. Aunque en condiciones normales el ser humano no sea capaz de captarlos, es posible que, excepcionalmente, algunas personas, haciendo un gran esfuerzo mental, puedan llegar a percibirlos.

Por supuesto, yo era consciente de que con dicho experimento tenía muy pocas probabilidades de conseguir resultados positivos; pero, a pesar de todo, me sentía impulsada a realizarlo y, ya al despuntar la mañana, estaba decidida a llevarlo a cabo y a posponer para ello mi vuelta a la ciudad.

Una vez tomada tal determinación, me sentí emocionada e impaciente, deseosa de que llegara la noche para instalarme en la casona.

Sin embargo, a medida que el día avanzaba, mis sentimientos fueron cambiando y comencé a pensar qué ocurriría si a causa de algún extraño fenómeno llegara, o creyera llegar, a captar imágenes y sonidos del pasado. ¿Estaba preparada para ello? ¿No podría resentirse el equilibrio de mi mente?

Confieso que en algunos momentos me invadió la inquietud; pero los lógicos temores acabaron siendo vencidos porque mis deseos de saber tenían mayor fuerza que mis miedos. De modo que, ya de noche, abandoné el hotel para dirigirme a la casona.

Y aquí me encuentro ahora, en el dormitorio de mi niñez, dispuesta a iniciar lo que, en cierto modo, es un viaje hacia lo desconocido. ¿Con qué voy a encontrarme? Quizá con nada, quizá con algo emocionante y puede que también peligroso. En todo caso, estoy a punto de averiguarlo.

Aunque en esta época del año todavía hace calor, he cerrado la ventana para evitar que los ruidos de la calle me distraigan. Precisamente el motivo de realizar el experimento durante la noche es el de disfrutar de un mayor sosiego.

Me desvisto con rapidez, y también rápidamente me meto en la cama. No quiero dar tiempo a los temores que de nuevo amenazan con asaltarme. Apago la luz y en seguida hago lo posible para relajarme. Me digo que, en primer lugar, debo dejar mi mente libre de todo pensamiento que no tenga relación con el pasado.

Por las rendijas de las contraventanas se filtran los rayos de la luna, y hay una suave luminosidad que flota entre los muebles. Poco a poco mis ojos se acostumbran a la penumbra y van a detenerse en la mecedora.

Siento que es en este mueble en el que tengo que fijar mi atención. Mi madre creyó distinguir una sombra sentada en él y yo vi cómo se balanceaba por sí solo. Si en la casa hay algo realmente misterioso, la clave debe estar en la mecedora.

La miro, la miro... continúo mirándola, y pienso en aquel lejano día de septiembre. Entonces se movía... ¿Por qué?

El dormitorio está en completo silencio. Es un silencio extraño e inquietante que me abruma, me envuelve, se aproxima, lo borra todo... En mi mente hay un solo pensamiento: ¡la mecedora! Ya no puedo dejar de mirarla.

¿Qué me sucede? ¿Estoy perdiendo la conciencia? La suave luz del dormitorio se desvanece... Ahora la oscuridad es total, tan absoluta como el silencio; pero, de pronto, este se rompe y empiezo a oír un débil y confuso sonido que me desconcierta.

Trato de localizarlo, pero no sé de dónde proviene.

Ahora creo que lo oigo con más claridad. Sí, comienza a determinarse. ¿Dónde está?... Aquí mismo, muy cerca de mí: «chac, chac, chac, chac...». ¿Qué es lo que lo produce? ¿Un reloj de pared? ¿Una puerta que se abre y se cierra...?

«Chac, chac, chac, chac...».

No, definitivamente no es un reloj de pared, ni tampoco una puerta.

Miro, sin ver, hacia el lugar desde donde llega el sonido, y observo que la oscuridad comienza a disiparse; pero ahora la luz se concentra en un solo punto. Ese punto es la mecedora.

Ya puedo distinguirla. Se balancea, suave y rítmicamente, de delante a atrás, de atrás a delante:

«Chac, chac, chac, chac...».

Hago un enorme esfuerzo de concentración y doy una enérgica orden a mi cerebro: quiero saber quién o qué es lo que la mueve.

La fuerza de mi voluntad se apodera de todos mis sentidos. Parece que no tengo cuerpo, que solo hay una mente en acción que se empeña en saber:

«¿Hay alguien sentado en la mecedora? ¿Quién es?».

No distingo otra cosa que el viejo mueble balanceándose. Y de pronto también esta imagen comienza a desvanecerse. Se borran los contornos y, poco a poco, todo vuelve a estar oscuro.

Me invade una profunda desazón. No puedo ver; sin embargo continúo oyendo, ahora aún con mayor claridad:

«Chac, chac, chac, chac...».

El sonido martillea en mi cabeza. Me tapo los oídos, pero sigo oyéndolo. Y de repente percibo además algo distinto: «clic, clic, clic, clic...». Escucho con toda atención: son dos sonidos diferentes, pero simultáneos y acompasados.

¿Qué producirá ese leve e insistente «clic, clic»? Es un sonido que conozco, pero no logro identificarlo. ¿Y de dónde procede? Desde luego, de algún lugar muy próximo a la mecedora, incluso se diría que de ella misma. Pero no es algo que pueda ser producido por un mueble de madera. Su soniquete es me-

tálico… ¿Un tintineo de llaves? No, no es eso…
¿Cubiertos? Tampoco, aunque lo recuerda.

Ahora los sonidos empiezan a disminuir de intensidad, se atenúan y por fin cesan…

La oscuridad y el silencio me envuelven.

8

Un largo día

ME despierto con una honda sensación de extrañeza. Durante algunos segundos no sé dónde me encuentro. Pero poco a poco me acomodo a la semioscuridad y voy distinguiendo los contornos de la cama, del armario, de la mesilla de noche...

Una tenue luz, de día recién nacido, comienza a penetrar por las contraventanas. Ya puedo ver sin dificultad todo lo que me rodea.

Cuando mi vista tropieza con la mecedora, recuerdo súbitamente lo ocurrido durante la noche. Me parece oír el sonido de los balanceos, y además ese otro que no fui capaz de identificar.

Me incorporo sobresaltada; pero únicamente se trata de una impresión. Ahora la mecedora está inmóvil y yo no oigo ninguna otra cosa que un rumor vago que llega desde la calle.

Me tiendo de nuevo y procuro poner orden en mis confusas ideas.

Lo que más me inquieta es no saber si lo sucedido fue o no un sueño. ¿Qué ocurrió realmente? ¿Vi o creí que veía; oí o imaginé que oía?

Si soñé, nunca he recordado un sueño con tanta claridad y precisión.

Ahora no parece haber nada inquietante en el dormitorio; pero no puedo dejar de mirar, furtivamente, de un lado hacia otro.

Estoy desasosegada y aturdida, y aunque aún es muy temprano, siento la necesidad de levantarme y abandonar esta habitación lo más pronto posible.

Me ducho y me visto empujada por las prisas. Luego, al descender las escaleras, tengo que contener mis pasos para que no me arrojen fuera de la casa.

Mientras camino por las todavía casi dormidas calles del pueblo, me digo que, si quiero continuar el experimento, es absolutamente necesario que sea dueña de mis emociones, y por supuesto quiero continuarlo. A pesar de mi inquietud, en estos momentos no hay nada que me interese tanto.

Me pregunto qué ocurrirá la próxima noche. ¿Volverá a moverse la mecedora por sí sola? ¿Seguiré oyendo los dos sonidos que oí? ¿Sucederá algo más de lo que ya ha sucedido?...

Alguien que me dice «buenos días» me saca bruscamente de mí misma.

Me doy cuenta de que marcho sin mirar por dónde voy, como una autómata. Hasta tal punto me absorben mis pensamientos que fuera de ellos no existe ninguna otra cosa.

Es curioso, hace unos minutos me vi impelida a abandonar el dormitorio y ahora ansío que corran las horas para regresar a él.

He pasado la mayor parte del día en un lugar fresco y tranquilo, a orillas del río.

Pretendía que mi mente se mantuviera en reposo, sin que nada ni nadie la perturbara. En cierto modo lo he logrado, ya que he permanecido sola todo el tiempo; sin embargo, en mi cerebro había un maremágnum de ideas, un auténtico torbellino de preguntas sin respuestas.

Después de cenar en una cafetería, rápida y distraídamente, he vuelto a casa.

Tratando de controlar mis cada vez más alterados nervios, antes de subir al dormitorio me he sentado en el cuarto de estar y he puesto música. La *Suite en Re* de Bach sosiega algo mi espíritu. De todas formas, mis sentidos están alerta, atentos a oír, ver o incluso oler alguna presencia extraña. Pero no hay nada que los sobresalte si no es mi propia ansiedad.

Las campanadas del reloj de la biblioteca ponen fin a la espera. Son doce llamadas de misterio.

Me levanto y me dirijo al dormitorio.

Ahora me resulta casi imposible mantener la calma. Mis manos tiemblan excitadas cuando enciendo la luz.

Me doy prisa en meterme en la cama y antes de pulsar el interruptor contemplo la mecedora para cerciorarme de que no se mueve. La miro unos segundos: no hay duda, permanece absolutamente inmóvil.

La habitación ya está a oscuras, me deslizo entre las sábanas y comienzo a dar órdenes a mi mente. Me es mucho más fácil concentrarme que la noche pasada. En mi cerebro hay un solo pensamiento: la mecedora moviéndose... Muy pronto comienzo a oírla. Lo mismo que anoche, al principio el sonido viene de lejos y es débil; después se acerca y se clarifica.

También oigo el misterioso «clic, clic».

Trato de penetrar la oscuridad y abro de par en par los ojos. Ayer podía ver la mecedora, pero hoy no consigo distinguir nada en absoluto.

Los dos sonidos continúan, rítmicos y acompasados. Estoy segura de que proceden del mismo lugar. Pero parece que uno está en un plano superior al otro... Abajo y arriba, eso es exactamente.

De repente me parece escuchar algo distinto.

Aguzo el oído, y capto un nuevo sonido que me sobresalta mucho más que los anteriores: «agg, agg...».

Lo identifico inmediatamente. No tengo ninguna duda: se trata de una respiración, ruidosa aunque no agitada.

Por un momento pienso que puede ser la mía propia y me tapo la nariz y la boca.

Pero sigo oyéndola: «agg, aagg...».

No es mi respiración. Por tanto, en el cuarto hay alguien más.

Durante un segundo siento un miedo tan intenso que estoy a punto de encender la luz. Pero logro sobreponerme y obligo a mi mente a que se ponga en contacto con ese otro ser que está en el dormitorio.

Siento que de mí fluye una especie de corriente magnética que se dirige en busca de ese alguien. No lo encuentro y me empeño en seguir buscando.

Pero me empiezan a fallar las fuerzas. Me fatigo, me angustio…

Sigo oyendo los tres sonidos, simultáneamente y en el mismo lugar. No veo nada… ¿Quién está ahí?

Me esfuerzo aún más, tanto que me parece que algo estalla dentro de mí; pero al fin lo consigo:

Veo y oigo la mecedora.

Se balancea, aureolada por una blanca y difusa luminosidad que emana de ella misma.

En el centro de esa aura luminosa se dibuja el vago contorno de un cuerpo.

9

Imágenes

AL despertar estoy vacía mentalmente. Durante cierto tiempo mi cerebro se niega a pensar. Parece que no le es posible realizar ni el más pequeño esfuerzo.

Permanezco en reposo, con los ojos cerrados, y dejo que se recupere.

Con lentitud vuelven las ideas. Pero me cuesta ordenarlas. Cuando lo consigo, miro instintivamente la mecedora: hace muy poco tiempo había una figura sobre ella. Era de alguien cuya respiración podía oír con toda claridad.

Lo mismo que hice ayer cuando desperté, me pregunto si todo lo sucedido habrá sido solo un sueño. Y lo mismo que ayer, me respondo que, si lo fue, es raro que pueda recordarlo punto por punto.

Pero aún hay algo más extraño, porque, en el caso de que lo sea, el sueño de esta noche es una continuación del de la pasada. Algo así como la segunda parte de una película o el segundo capítulo de un libro.

No he conocido a nadie que sueñe de este modo.

Me levanto y abro la ventana. En los árboles hay una alegre algarabía de pájaros mañaneros. La suave y fresca brisa hace que me despeje por completo.

Me doy la vuelta, otra vez contemplo la mecedora y me estremezco.

Creo que soy una mujer valerosa; pero de nuevo siento la imperiosa necesidad de salir de la habitación.

Durante todo el día he vagabundeado sin rumbo, esperando simplemente, igual que ayer, que pasaran las horas. Pero hoy no he necesitado aislarme a orillas del río para que nada ni nadie distrajera mi mente, porque nada ni nadie es capaz de hacerlo.

* * *

Es noche cerrada y me encuentro detenida delante de la casona.

La parte prudente de mi cerebro me dice que sería mucho más sensato dejar las cosas tal y como están y regresar a la tranquilidad de mi hogar en la ciudad.

Pero pertenezco a esa clase de personas que nunca dejan nada sin terminar, a pesar de las dificultades y riesgos. Así que, haciendo caso omiso a esa parte prudente, meto la llave en la cerradura y abro la puerta.

Subo al dormitorio. Son más de las once.

Voy a acostarme en seguida. Algo me empuja a actuar con rapidez. Siento una auténtica compulsión por volver a sumergirme en un mundo de misterios, y no estoy dispuesta a conceder ni una sola baza a mis temores.

Me pregunto si los sucesos de hoy, ¿imaginaciones?, ¿sueños?, ¿realidades extrañas?, volverán a ser una... continuación de los pasados.

Pero, ¿y si esta noche no ocurriera nada? Rechazo dicha posibilidad, me desnudo con nerviosismo y luego guardo mis ropas de cualquier manera. Me acuesto y no necesito esforzarme para llegar al punto donde me encontraba ayer: «Había un cuerpo en la mecedora...».

Estoy comenzando a verlo. Me siento en la cama y contemplo cómo una luz fantasmagórica va iluminando formas que se vuelven más y más concretas: es un cuerpo de mujer; aún no puedo distinguir sus rasgos... Ahora sí, ya distingo una parte de él: ¡las manos!

Son largas y huesudas, deformadas por la vejez. Se mueven y hay algo entre ellas: unas agujas de tejer de las que cuelga una labor de punto. Debe de estar recién empezada porque aún tiene pocas franjas.

Son precisamente esas agujas las que producen el «clic, clic» que en noches pasadas no fui capaz de identificar.

De pronto la imagen se clarifica y puedo ver el cuerpo entero de una mujer anciana.

En seguida la reconozco. La vi varias veces cuando yo era una niña. Estaba siempre junto a la ventana de su casa, tejiendo como ahora teje. Pero esta noche está muy cerca de mí, sentada en la mecedora.

Distingo con todo detalle su pelo blanco, recogido en un severo moño; su cara huesuda y afilada, su traje negro y largo... No hay duda: ¡es la tejedora de la muerte!

El temor se apodera de mi ánimo por entero. Siento frío y en seguida calor. En un intento de protegerme, subo el embozo de las sábanas; pero sigo contemplando la escena.

La anciana teje continuamente; sin embargo, de poco en poco deshace parte de lo hecho, de forma que la labor no crece.

No puedo apartar mi mirada de esa labor. Me atrae, aunque también me repele.

De pronto dejo de ver a la mujer; tampoco veo la mecedora ni oigo ningún ruido. En el dormitorio únicamente permanece la imagen de un par de manos marchitas, tejiendo infatigables.

Me despierto con una sensación de opresión y ahogo.

El irresistible deseo de saber

A lo largo del día la parte razonable de mi cerebro me ha repetido con insistencia que este juego, si es que puede llamársele así, quizá llegue a convertirse en algo muy peligroso; de momento ya ha conseguido obsesionarme. Pero mi deseo de saber continúa siendo más fuerte que mis temores.

Es ese irresistible deseo el que hace que ahora, llegada nuevamente la noche, me decida a subir al piso de arriba, el que impulsa mi mano para que abra la puerta del dormitorio, y el que mueve mis dedos para que desabrochen, precipitadamente, los botones de la blusa.

La excitación y la curiosidad han convertido a mi cuerpo en una especie de autómata.

Y como una autómata me acuesto y apago la luz.

Es también mi excitada curiosidad la que no da respiro a mi mente y le ordena que se concentre de inmediato.

Pero hoy no voy a fijar mi atención solo en la mecedora. Debo llegar más lejos. Me propongo averiguar si el espíritu que anoche se materializó en este dormitorio tiene alguna relación con lo que sucedió en él hace treinta años.

Para ello me concentro en primer lugar en los recuerdos de aquel día, y no me cuesta mucho hallar en mi memoria la imagen de la niña que yo era entonces.

La contemplo con cierta ternura nostálgica. Reconozco sus ropas, su peinado y hasta el lazo azul que lo sujeta...

Está sentada, leyendo. El libro que tiene entre sus manos es de color burdeos. Trato de ver su título, porque necesito recrear la escena con la mayor cantidad posible de detalles. Lo consigo al fin. Es: ¡*La isla del Tesoro!*

La niña se halla inmersa en la lectura. Sus ojos, a veces, se abren de emoción o asombro, aunque su cuerpo permanece relajado.

Pero de pronto algo rompe la calma de la que disfruta. Es un trueno, ¡enorme!, que hace vibrar las paredes.

La pequeña se sobresalta, deja caer el libro y sale con precipitación del cuarto de estar.

Contemplo cómo sube las escaleras de dos en dos y luego corre hacia su dormitorio. Precisamente este en el que ahora me encuentro realizando un experimento que tanto tiene que ver con ella. Empuja la puerta y se detiene en el umbral.

La causa de su sorpresa es que la tormenta ha cesado de súbito, tal como empezó. Lo sé porque esta situación la he vivido con anterioridad.

Y de pronto yo también me sorprendo; pero no por lo que sucedió hace años, sino por lo que está sucediendo ahora: acabo de caer en la cuenta de que las imágenes que contemplo han escapado de mis recuerdos y se han materializado fuera de ellos. Yo estoy reclinada en mi cama y la niña está allí, junto a la puerta... Puedo verla perfectamente. Ella y yo somos la misma persona, aunque con aspectos diferentes... Pienso que esta es una situación singularísima, como si estuviera contemplando una vieja película y de pronto los personajes saltaran de la pantalla.

Mis asombrados pensamientos son interrumpidos por un sordo rumor que llega de la calle. Lo oigo con toda claridad y sé a qué se debe porque María Francisca me lo reveló hace unos días.

También sé que en seguida sobrevendrá un extraño silencio, tan profundo que parecerá que el mundo se ha paralizado. Y mi memoria me recuerda que la niña tratará de acercarse a la ventana para averiguar qué sucede en la calle, y que será entonces cuando verá que la mecedora se balancea por sí misma; pero no dará ninguna importancia a tal cosa.

Instintivamente mi vista gira hacia el mueble, y al hacerlo, me siento estremecida, porque la mecedora no se mueve sola como la niña cree: la tejedora de la muerte la impulsa mientras teje.

Me pregunto con extrema inquietud qué va a suceder ahora. Recuerdo que en el pasado la madre gritó. Pero, ¿y la madre?, ¿dónde está la madre? Hasta este momento no he pensado en ella; ignoro si su imagen se habrá materializado también. Rápidamente dirijo la mirada hacia el armario y allí la descubro, ante las puertas abiertas de par en par, junto a otra mujer, Rosa. Las dos están intensamente pálidas y tienen los ojos clavados en la mecedora; es obvio que ambas pueden ver a la anciana que teje.

Por un momento me emociono contemplando la figura querida de mi madre. ¡Parece tan real!

Pero en seguida la niña comienza a moverse en dirección a la ventana y mis ojos la siguen asustados, porque también es obvio que ella no advierte la presencia de la anciana tejedora.

—¡No, Andrea, no! –grita de pronto la madre, y su grito me sobresalta tanto como me sobresaltó en otro tiempo. Pero ahora no me sorprende, porque conozco su causa.

A la niña sí; ella mira a su madre sin entender el porqué de su actitud.

A partir de este momento mi excitación aumenta, porque ya en la memoria apenas me quedan imáge-

nes de aquel día, solo la de la madre interponiéndo-
se entre la mecedora y su hija, y luego la de la niña
huyendo escaleras abajo en dirección al despacho.

No sé lo que va a ocurrir de ahora en adelante. Ni
siquiera sé si en este punto terminará la historia,
puesto que he llegado al final de mis recuerdos.

Pero no, vuelvo a mirar hacia la mecedora y compruebo que la acción continúa.

La anciana, alertada por el grito, levanta la vista y en
seguida abandona las agujas sobre sus rodillas.

Sus ojos me espantan. Tienen una mirada hiriente y
profundísima. La dirige primero hacia las dos mujeres y luego hacia la niña. Cuando la ve, se dibuja
una maligna sonrisa en sus labios descarnados.
Después vuelve a tomar la labor y la contempla con
gran satisfacción: la ha alzado un poco y yo puedo
distinguirla con toda claridad. Incluso soy capaz de
contar sus franjas: son diez, exactamente.

Y de pronto, adivino a quién está destinada. Acabo
de recordar una frase de María Francisca: «Tantos
años, tantas franjas...».

La niña continúa detenida junto a la puerta. La tejedora de la muerte vuelve a mirarla, y luego se levanta.

Es alta y fuerte, a pesar de su extrema vejez. La
oscura e imponente figura comienza a moverse.
Mantiene las agujas de tejer en las manos, con las

puntas hacia delante. Por primera vez observo que son tan agudas como puedan serlo unas tijeras afiladas.

Mientras tanto, la niña, completamente ajena al peligro que se le acerca, sigue mirando desconcertada a su madre y a Rosa. Las dos mujeres están paralizadas de terror.

Yo siento que la rigidez se apodera también de mi cuerpo. Intento moverme y no lo consigo; quiero gritar y mi voz no tiene sonido.

Me despierto bañada en sudor y espanto.

11

Frente a frente

EL día ha sido largo y angustioso. Al contrario que en jornadas anteriores, hoy deseaba distraerme y olvidar lo sucedido durante la noche; pero ni la música ni la lectura, ni siquiera el bullicio de la cafetería, a la que acudí con la única intención de aturdirme, han conseguido apartar de mi mente la sobrecogedora imagen de la anciana dirigiéndose con las agujas en la mano al encuentro de la niña.

Pero, pese a alterarme mucho, no ha sido este recuerdo la causa principal de mi desasosiego. Mucho más me ha inquietado la serie de preguntas sin respuesta que me he hecho a mí misma varios cientos de veces: «¿Qué sucederá si continúo con el experimento? ¿Conseguirá la anciana llegar hasta la niña? ¿Acabará clavando las agujas en su cuerpo? Y en ese caso, si la pequeña muere, ¿moriré yo también, puesto que ambas somos la misma persona?…».

Son preguntas sin sentido, porque sé muy bien que la madre va a interponerse entre la tejedora y su hija, y que esta huirá luego sin sufrir ningún daño.

¿Por qué me angustio entonces? ¿Por qué me atemoriza tanto la perspectiva de que llegue la noche?... Nada puede sucederle a la niña ahora, ya que nada me sucedió a mí hace treinta años.

La lógica de este raciocinio debería ser suficiente para tranquilizarme; pero no lo es, porque de inmediato me planteo otros interrogantes que rompen los esquemas anteriores: «¿Y si esta noche sucedieran las cosas de distinta forma a como ocurrieron hace treinta años? ¿No es posible que el tiempo marche hacia atrás por sí solo sin que mi mente sea capaz de controlarlo? ¿Y si los sucesos del pasado y las cosas del presente se confundieran? Ayer contemplé cosas que no estaban en mis recuerdos. ¿Qué voy a contemplar esta noche? ¿Y si el presente tuviera tanta fuerza como para anular al pasado? ¿Qué haría la anciana entonces...?».

Es probable que estas ideas no sean otra cosa que meros disparates; pero no puedo apartarlas de mi mente y me siento angustiada.

Me gustaría abandonar la casa y el pueblo, en seguida, antes de que la tarde deje paso a la noche. Pero sé que no podré hacerlo; hay algo, más fuerte que yo, que me obliga a continuar. Si ahora me marchara, ya nunca tendría reposo. Mi cerebro, sin conocer la verdad, estaría para siempre invadido de fantasmas. Definitivamente tengo que llegar al final, sea cual sea este.

* * *

Ha llegado el momento, aquí estoy de nuevo, en mi dormitorio.

Esta noche ni siquiera guardo las ropas en el armario. Las dejo caer al suelo, en seguida apago la luz y me acuesto.

Tiemblo un momento entre las sábanas, y luego me abandono a merced de mi mente. Las turbadoras imágenes aparecen de inmediato. Ya veo a la tejedora de la muerte. Se halla en el mismo lugar en el que ayer estaba.

Su siniestra figura me atemoriza todavía más que anoche.

Continúa avanzando, muy despacio, como si disfrutara de cada paso. En las puntas de sus agujas hay acerados brillos de amenaza.

Y mientras tanto la niña y las dos mujeres permanecen en la misma posición y actitud que la noche pasada.

«Por favor, que alguien haga algo», suplico; pero ya sé que mi voz no tiene sonido.

Con un desesperado esfuerzo intento saltar de la cama. También sé que no voy a conseguirlo.

La tejedora de la muerte se detiene un momento. En sus ojos hay reflejos de victoria.

Yo me estremezco y pienso que el final debe estar muy próximo.

Así es, en efecto, porque de pronto, la madre abandona su espantada inmovilidad y se precipita sobre la tejedora. Con un movimiento rapidísimo tira de la labor y le arranca las agujas de las manos. En seguida las arroja a un lado, pero no sé dónde van a caer, porque no puedo apartar la vista de la tejedora de la muerte.

Su rostro, convulsionado por la ira, se desfigura de tal manera que da la impresión de que se está invirtiendo el orden natural de sus facciones. Es decir, que la boca se desplaza hacia la frente y los ojos hacia la barbilla. Luego llego a creer que lo que sucede es que se está desdibujando, y que va a convertirse en una masa gris e informe.

En su cuerpo, tremendamente tenso, parece que las articulaciones van a quebrarse y que los miembros saltarán hechos pedazos.

Con un instintivo movimiento de horror me cubro la cara con las manos, y permanezco así durante algún tiempo, no sé cuánto: ¿unos segundos?, ¿una hora?

Cuando al fin recupero el valor necesario para volver a mirarla, no puedo creer lo que veo, porque en su aspecto se ha producido una nueva y sorprendente transformación.

La tensión de su cuerpo ha desaparecido y sus miembros están relajados; pero es su rostro lo que más me asombra. No es solo que las facciones vuelvan a estar en orden, sino que de ellas se ha borrado por completo la ira.

Ahora, con pasos sosegados, comienza a caminar de nuevo, desandando lo andado. Cuando llega junto a la mecedora, se deja caer en ella con un suspiro... No sé si he oído bien, pero me atrevería a decir que es de alivio.

Después de unos segundos de inmovilidad absoluta, recorre la habitación con la vista. Sus ojos se detienen en cada cuadro y en cada mueble.

Y de pronto, mi corazón vuelve a palpitar aceleradamente: ¿cuando la mirada de la tejedora se detenga en la cama, reparará ella en mí?

Si es así, estaremos las dos frente a frente, y solas, porque acabo de darme cuenta de que la niña y las dos mujeres no están en la habitación. Han debido de salir sin que yo lo advirtiera.

A pesar de que en la actitud de la anciana se ha producido un completo cambio, tengo miedo.

No sé si permanecer inmóvil o escapar a toda prisa del dormitorio.

Pero ya no tengo tiempo de tomar una decisión: los ojos de la tejedora de la muerte acaban de posarse en mi cama.

Siento frío cuando recuerdo que ella vivió en esta casa, y que seguramente este fue su dormitorio.

«¿Qué va a suceder?», me pregunto conteniendo la respiración.

No ocurre nada. En el rostro de la anciana no hay ninguna señal de que haya advertido mi presencia; si así fuera, en él habría, al menos, sorpresa.

Es evidente que no puede verme.

La contemplo, ya mucho más tranquila, y observo cómo reclina la cabeza sobre el respaldo, cierra los ojos, cruza las manos sobre el pecho y comienza a balancearse.

Es sorprendente; pero su aspecto parece el de alguien cansado que, al fin, hubiera hallado reposo para su cuerpo y paz para su espíritu.

Los balanceos cesan poco a poco, y la tejedora de la muerte se levanta de su asiento. Durante unos segundos vuelve a contemplar lo que le rodea. Luego su imagen comienza a desvanecerse, hasta que desaparece, envuelta en una niebla luminosa.

12

Y al día siguiente

ME despierto ligera de cuerpo y mente. Miro el reloj: ¡las diez y cuarto! ¿Cómo he podido dormir tanto?

Me sorprende encontrarme relajada, porque suelo ser muy madrugadora, y si alguna vez me levanto tarde, debo arrastrar luego un molesto dolor de cabeza.

Perezosamente dejo vagar la vista por la habitación, y es entonces cuando recuerdo lo sucedido durante la noche. Pero pensar en ello hoy no me produce ninguna inquietud. Ni tampoco siento, como otras mañanas, la necesidad de abandonar el dormitorio a toda prisa. Por el contrario, permanezco en la cama tranquilamente, rememorando los detalles del último episodio de la singular historia que, a lo largo de cuatro noches, se ha ido desarrollando ante mis ojos.

«Bien, me parece que el experimento ha llegado a su fin, y ciertamente con un inesperado desenlace», me digo a mí misma al recordar las últimas imágenes de la tejedora de la muerte.

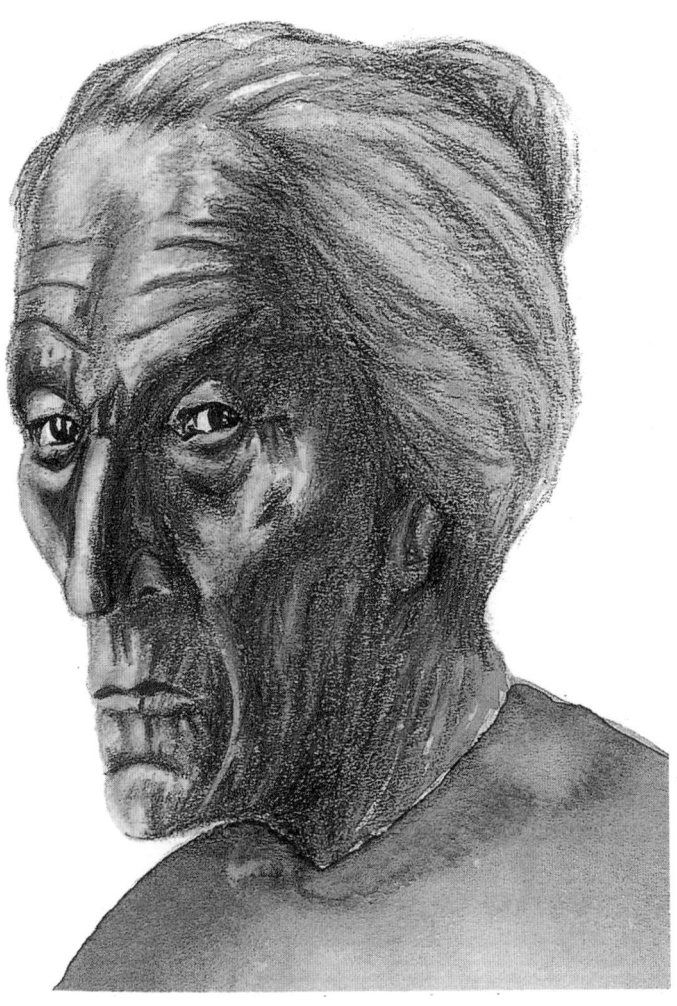

Lo que más me asombra es el cambio tan absoluto que se produjo en su actitud. ¿Cómo pudieron deshacerse su odio y su maldad en tan solo unos minutos?

Después de darle muchas vueltas, se me ocurre pensar que quizá llegara a sentirse oprimida por estos sentimientos, como si tuviera que soportar un enorme peso sobre su ánimo. Por lo que deduje de lo que me contó María Francisca, la tejedora vivió durante muchos años a solas con su rencor. Probablemente lo dejó crecer en su corazón hasta tal punto que se convirtió en una especie de animal feroz, en un dragón de siete cabezas, que constantemente pedía ser alimentado.

Debe ser muy duro tener que alimentar al propio odio, día tras día. Quizá por eso cuando mi madre le arrebató las agujas de tejer, que eran, para todos y para sí misma, el símbolo de su maldad, fue como si le cortaran las cabezas al monstruo insaciable que vivía en su interior.

Entonces ella se sintió aliviada, y su espíritu recobró la libertad y la calma, que, con seguridad, había anhelado durante la mayor parte de su vida.

Cuando su espíritu quedó en paz, también lo hizo su cuerpo, sus ojos se cerraron y sus manos se cruzaron sobre su pecho. María Francisca y todos los del pueblo estaban en lo cierto al pensar que esto era una señal, pero se confundieron al interpretarla. Porque sus ojos se cerraron y sus manos se cruzaron no cuando su espíritu entró vengativo en nuestra casa, sino cuando salió, en paz, de ella.

María Francisca, todos los del pueblo y mi propia madre también se equivocaron al creer que la tejedora permaneció en mi dormitorio durante treinta años, cuando no estuvo allí sino unos pocos minutos, desde el momento del gran trueno hasta que le fueron arrebatadas las agujas de tejer.

En fin, creo que esta puede ser una explicación para el repentino cambio que se produjo en la actitud de la tejedora. Sin embargo, no sé si tiene algún otro valor que el que yo misma quiera darle, puesto que continúo sin saber si lo ocurrido durante las noches pasadas fue producto de un extraño sueño o si, en realidad, mi mente logró captar las imágenes y los sonidos de unos hechos que tuvieron lugar en este mismo dormitorio hace muchos años.

* * *

He decidido marchar a la ciudad esta misma tarde. Ya no hay ninguna razón para que prolongue mi estancia en el pueblo. Acabo de despedirme de María Francisca; naturalmente, no le he dicho una sola palabra de lo sucedido, y ahora, de vuelta en casa, me dispongo a preparar el equipaje.

Mientras ordeno mis ropas en la maleta, no puedo dejar de pensar en la tejedora de la muerte; este cuarto está tan lleno de su presencia… Me gustaría tanto saber si su espíritu halló la paz…

Por supuesto, no tengo respuestas que darme. Solo las tendría si conociera la naturaleza de lo sucedido durante mis noches en esta casa. Pero, ¿cómo podría saberlo?...

Decidida a no pensar más en ello, me afano en acabar el equipaje.

Ya está todo, me parece. Para cerciorarme de que no olvido alguna cosa, me acerco una vez más al armario y compruebo que no cuelga nada de las perchas. Los cajones están vacíos, y también parecen estarlo las baldas. Por precaución paso las manos incluso por las más altas, aunque no creo haber colocado en ellas ninguna prenda. «Pues debí hacerlo», pienso con cierto asombro, porque muy al fondo acabo de rozar algo suave.

Mi asombro se convierte en estupor cuando, al tirar de la prenda olvidada, oigo un metálico tintineo. ¿Qué puede haber entre mis ropas que suene de tal modo?

De pronto estoy a punto de perder el equilibrio: tengo entre los dedos unas enmohecidas y afiladas agujas de tejer de las que cuelga una corta labor de punto. Temblorosa, cuento sus franjas: son diez exactamente.

Fin

altamar

Taller de lectura

La tejedora de la muerte

1. Como un edificio arquitectónico

La tejedora de la muerte es un libro de misterio en el que su autora, Concha López Narváez, ha construido una «obra de arquitectura» con piezas y elementos de la lengua, de los recuerdos, de la imaginación y de la literatura. Ya que has tenido la suerte de vivir, capítulo a capítulo, la trama de la narración, vamos a reconstruir juntos los «andamios» que han permitido su trabajo.

1.1. Recuerda los títulos de los doce capítulos y subraya los que tienen más misterio.

....

....

....

....

....

....

....

....

....

....

....

....

....

1.2. Ordena el relato que la autora hace de sus propios recuerdos. Agrupa los capítulos en estos tres recuadros.

Capítulos que se sitúan en la niñez de Andrea.

....

....

....

....

Capítulos en los que la protagonista, ya mayor, se acerca al misterio, sin introducirse en él.

....

....

....

....

Capítulos que relatan el experimento parapsicológico de la protagonista.

....

....

....

....

1.3. En el capítulo 6 se mencionan ciertas coincidencias entre los hechos ocurridos treinta años atrás y la historia contada por María Francisca. Completa la lista de coincidencias.

COINCIDENCIAS (Recuerdos y narración)

Andrea, niña de 10 años

— Mecedora que se mueve durante la tormenta.

— Lluvia torrencial en ese momento.

— Recuerdos de gritos en la calle.

....

....

....

....

Andrea, mujer de 40 años

— Sombra que vive en la casona.

— Un día de tormenta inesperada.

— Gritos de gentes en el entierro.

....

....

....

....

1.4. Si tuvieras que explicar cómo está estructurada la novela, ¿qué características o qué función le atribuirías a las siguientes partes del libro?

El capítulo 1 nos presenta ....

....

....

Los capítulos 2 y 3 nos describen ....

....

....

Los capítulos 4 y 5 nos recuerdan ....

....

....

El capítulo 6 nos hace reflexionar sobre ....

....

....

Los capítulos 7, 8, 9, 10 y 11 nos introducen en ....

....

....

El capítulo 12 sirve para ....

....

....

1.5. En las agrupaciones que hemos hecho con los capítulos del libro, habrás observado que hay un conjunto de cinco de ellos que corresponden a cinco noches.

Procura realizar una composición escrita que narre los hechos ocurridos.

....

....

....

....

....

....

....

....

....

....

....

....

....

....

....

2. Odio, venganza, valor y silencio

El misterio del argumento se alimenta con dosis, más o menos fuertes, de estos cuatro elementos. Aparecen aquí y allá sentimientos de odio y deseos de venganza que se enfrentan al valor y al silencio. Vamos a indagar dónde y cuándo surgen en la trama novelística.

2.1. Si recuerdas la historia contada por María Francisca, serás capaz de completar lo que falta a este gráfico:

BISABUELO
....
....
....

HIJA MAYOR	HIJA MENOR
....	....
....	....
....	....
....	....
....	....
....	....

Continúa organizando con flechas y recuadros:

BODAS-HIJOS

DOS NIETOS

HERENCIA DE LA CASONA

2.2. Según el recuadro que acabas de completar, ¿por qué crees que surge el odio en Elisa?

....

....

....

....

....

....

....

....

2.3. El odio se transforma en venganza a partir del momento del entierro.

¿Cómo lo explicas?

....

....

....

....

....

....

....

2.4. La madre de Andrea demostró un enorme valor en el momento en que el odio, transformado en venganza, se quiere proyectar en la niña de diez años. ¿Por qué crees que la madre de Andrea tuvo tanto valor? ¿Qué hizo?

....

....

....

....

....

....

2.5. Todo lo que acabas de analizar se solucionó en unos momentos. ¿Cómo te explicas que transcurran treinta años de silencio hasta que Andrea lo descubre?

....

....

....

....

....

....

....

3. Cinco noches

El experimento de la protagonista dura cinco noches. En cada una de ellas descubre nuevos datos que se relacionan con el día del entierro, treinta años atrás.

3.1. Intenta recordar lo que Andrea descubre:

— La primera noche ....

— La segunda noche ....

— La tercera noche ....

— La cuarta noche ....

— La quinta noche ....

3.2. La mecedora protagoniza las visiones de las cinco noches. Descríbela e intenta explicar, con algunas dosis de misterio, cómo la veía Andrea.

....

....

....

....

....

....

....

3.3. Las agujas de tejer aparecen como «arma asesina». Explica por qué.

....

....

....

....

3.4. Las franjas del tejido eran diez. ¿Qué explicación tenía este número?

....

....

....

....

3.5. La «tejedora de la muerte» recibió en el pueblo este nombre porque, según se decía, conocía quién iba a morir y qué edad tenía.

¿Cómo podía saberlo?

....

....

....

....

4. María Francisca se explica así...

Toda la narración autobiográfica está presentada con un lenguaje fluido, correcto, claro y apropiado. Pero, en el capítulo 5, esta «mujer de pueblo» se expresa de forma muy popular, muy «redicha» y con frases que se prestan a una doble interpretación.

4.1. Intenta explicar lo que quieren decir en el contexto de su historia:

● *El marido de Elisa bebía como una cuba...*

....

....

● *... a Elisa se le metió entre ceja y ceja casarse con él...*

....

....

● *... ella regresó sola y más amarga que la hiel...*

....

....

● *... la familia no soltaba prenda.*

....

....

4.2. Procura cambiar las palabras subrayadas para dar sentido a las frases:

- ...Cuando se leyó el testamento, a Elisa *se la llevaron los diablos*.

....

....

....

- ... ella cogió sus maletas y *dio el portazo*.

....

....

....

- ... sabía cuándo alguien iba a morir. *Olía la presencia de la muerte...*

....

....

....

- ... La tejedora era mala. *La envidia y el rencor hicieron un nido en su alma...*

....

....

....

4.3. Una de las características de la tejedora de la muerte fue descrita así por María Francisca:

- ... *Se encerró en la casa de la iglesia y se convirtió en una muerta en vida.*

Explica ampliamente por qué la describió de esta manera.

....

....

....

....

....

....

....

....

....

....

....

....

....

....

5. El tiempo en la novela

La sabia arquitectura que Concha López Narváez ha dado a esta novela juega con el tiempo en tres dimensiones diferentes:

PRIMERA DIMENSIÓN

EL TIEMPO REAL:

Un día lejano, treinta años atrás y varios días seguidos, treinta años después.

¿Qué ocurrió?

....

....

....

....

....

....

....

....

....

....

....

SEGUNDA DIMENSIÓN

EL TIEMPO DEL EXPERIMENTO:

Transcurre en un momento de cada una de las cinco noches misteriosas.

¿Qué ocurrió?

....

....

....

....

....

....

....

....

....

....

....

....

....

....

....

TERCERA DIMENSIÓN

EL MOMENTO DEL ENTIERRO:

Todos los recuerdos se relacionan con la historia de María Francisca y con las visiones de las cinco noches. El día del entierro...

¿Qué ocurrió?

....

....

....

....

....

....

....

....

....

6. Eres un buen lector...

Has estructurado el relato mediante un análisis y una comprensión lectora.

Resume por qué te ha gustado la novela y cómo se mantiene el «suspense» y la emoción hasta el final.

Índice

Series de la colección

Aventuras

Ciencia Ficción

Cuentos

Humor

Misterio

Novela Histórica

Novela Realista

Poesía

Teatro

Títulos publicados

A partir de 12 años

Otros libros del mismo autor

El tiempo y la promesa. Concha López Narváez
Colección Altamar, n.° 39

Una novela histórica que se desarrolla en la ciudad de Vitoria en el año 1492. Los judíos tienen que salir para siempre de las tierras de España; pero algo sucede para que la salida se retrase en Vitoria. Este es un relato de odios y rencores, pero también lo es de comprensión y de tolerancia; sobre todo es una historia de amistades y de fidelidad. Un pueblo hace a otro pueblo una promesa que jamás ha sido quebrada.

Otros libros de misterio

Un descubrimiento diabólico. Pilar López Bernués
Colección Altamar, n.° 181

Un trabajo de clase reúne de nuevo a Rafa, Ana, Nuria, Álex, David, Víctor y Jordi. Lo que parecía una aburrida actividad escolar acaba conduciéndoles al Barrio Gótico de Barcelona donde empezarán a investigar la misteriosa desaparición de un pintor y el extraño asesinato de su mecenas… Una emocionante aventura llena de misterio, intriga y acción.